ESTUDIOS SOBRE EL AMOR

José Ortega y GASSET

荷西·奧德嘉·賈塞特 著
姬健梅 譯

關於愛

〈哲學人系列總序〉

蘇格拉底與桑提婆的和解

關永中

「蘇格拉底（Socrates）的老婆叫什麼名字？」魯汶一位老師竟然拿它做口試題目！

我愣住了。只好搶白一句：「這究竟跟哲學有什麼關連？」所獲得的回應是：「總有一天你會明白我的用意！」

這事就此不了了之，我也沒有把它放在心上；直至有一天讀到威廉・魏施德（Wilhelm Weischedel）《通往哲學的後門階梯》（*Die philosophische Hintertreppe*）（台北：究竟，2002），四十三頁至四十五頁有關蘇格拉底與其妻桑提婆（Xanthippe）之間的摩擦時，才悟出其中要領：

世人只重視蘇格拉底之盛名，卻從來不曾為桑提婆著想過。一般輿論都指責她為悍婦，卻毫不介意蘇氏如何寡情地把髮妻趕離刑場！（"Phaedo," 60a）

兩個善良的靈魂；
一對不合的配偶。

夫妻心性發展不同步，那真是一件憾事！

說句公道話，桑提婆雖然脾氣大一些，到底不失為一位賢妻良母。她平日克勤克儉、任勞任怨，一手把孩子們帶大，並且還獨力支撐起家計。反之，蘇格拉底可曾盡過半點為人夫、為人父的責任！

站在蘇氏立場，我們固然會聆聽到這樣的心聲：妳何必苦苦糾纏，不讓我去與志同道合的人探討真理！

站在桑提婆觀點，我們何嘗不體會到這樣的埋怨：你何苦不務正業、棄家不顧、終日遊手好閒，只管喋喋不休地與人空談！

當然，從另一角度看，如果蘇格拉底就此返家同聚天倫，蘇格拉底還會再是蘇格拉底嗎？柏拉圖（Plato）還能完成他的《對話錄》（*Dialogues*）嗎？後他而來的亞里士多德（Aristotle）還能獲得造就嗎？試想西哲史缺少了蘇氏、柏氏、亞氏，那將會是怎樣的局面！

誠然，凡走上哲學不歸路的人，就有很高機率與親友產生張力；類似的劇碼在歷史上層出不窮：

——佛陀拋妻棄子，只為了悟道。

——瑪利亞說：「我兒，為什麼這樣對待我們？看，你的父親和我一直痛苦的找你。」耶穌說：「你們為什麼尋找我？豈不知我應當以我父的事為念嗎？」（路加二48-49）

——尼采（Nietzsche）想到其家人，就指桑罵槐地說：「蘇格拉底找到一個他需要的妻子……事實上，是桑提婆不斷將他驅趕到他那獨特的職業裡去。」

——齊克果（Kierkegaard）拒絕了他曾苦苦追到手、而又在他面前下跪求饒的未婚妻雷琪娜（Regina Olsen）。

時至今日，相似的事件還繼續在你、我及親友身上複製。你不是耳熟能詳地聆聽到以下的評語嗎？

——你何苦放棄一份穩定的職業，而去追尋那些虛無飄渺的學問？

——醫科大門為你開啟你不進去，卻到哲學系鬼混！

——你畢業後有何出路？誰會聘用一個專事批判的哲學家？

其實故事的情節是可以有較圓滿的結局！桑提婆的抱怨，是可以轉變成唐吉訶德（Don Quixote）侍從的一句：「我喜歡上他！」關鍵只在於是否有溝通的管道，讓彼此明悉對方的立場，藉此達到互相諒解。如果我們無法一下子化解親友們的心結，至少也可以透過剖白一己的使命來讓對方思索，藉此達成破冰的第一步。換句話說，目前的當務之急有三：

一、讓鄰人明瞭哲學家的任務
二、讓哲學人自己穩住陣腳
三、讓志同道合者凝聚力量

一、讓鄰人明瞭哲學家的任務——沒有人與生俱來就懂得哲學，甚至好學不倦之士也不一定與哲學投緣，一般市井之輩更毫不在意什麼叫哲學。不過，人生在世，早晚會遇到瓶頸，它叫我們不得不放慢生活的步伐來沉思宇宙人生；西哲稱之為對萬事萬物之驚異，國人稱之為憂患意識。人尤在困惑與挫敗中需要明智的導師指引。哲人就在向世人指點迷津上突顯其重要性。他擔任先知角色，向世界宣示究極真理；而萬代都不缺乏他們的蹤影，只是他們的智慧在經歷歲月的洗禮後，已沉澱在文本中漸漸被人淡忘，而需等待我們重新挖掘。誠然，我們若能重溫歷代哲人的智慧，用現代人能瞭悟的語言來翻譯及詮釋，將更能融入古聖先賢之對談，從中獲得開悟。有前人的思考作借鏡，我們可以有更穩健的基礎去探尋更博大、更精深的奧理，並與親友們切磋。在這裡，我們所欲強調的是：我們極端地需要提供更多有價值的哲學經典來與同胞分享，藉此製造對談的機緣來讓鄰人明瞭哲學家的思想與任務，好讓更多的人有機會瞥見真理的光輝。

二、讓哲學人自己穩住陣腳——退一步說，先知的呼聲不一定受廣大的群眾所歡迎；我們的努力不一定獲得滿意的回應。可以預期的是：不是所有人都有慧根去聆聽湛深的哲理；萬一別人把我們的剖白當作耳邊風時，那該怎麼辦？聞說有一位宣教士在鬧市中宣道，路過的行人都沒有停下來聽講。於是有人問他說：「既然沒有人聽你的道理，你又何必繼續宣講？」宣教士的回答是：「至少它還能警醒著我去堅持自己的信仰。」一類比地，哲學家在吐露其哲思的當兒，除了向他人傳遞真理的訊息外，尚且為自己穩住陣腳，以免被世俗所同化。誠然，當我們在傳述歷代名家之學，或討論著名典籍，或提出個人見解之時，即使獲取不到理想的迴響，也至少能保住自己的信念，能提醒自己去與古聖先賢精神遙契，以融入真理的康莊大道。為此，我們需要不斷地進修、研討與沉思，以求充實自己。如此一來，更多的哲學作品有一再接受翻譯、詮釋與研讀的必要；更多的有志之士有投身哲學反思與提供研究心得的需求；更多的邂逅、對談、溝通、講授有進行的價值。

三、讓志同道合者凝聚力量——哲學的探討、典籍的交流、名著的詮釋與重譯，可導致關懷哲學的同道彼此拉近距離，直至凝聚在一起，形成一股向心力，共同向著智慧之途邁進。的確，當更多志同道合的人心靈聯繫一致，將會共同綻放出龐大的光與力，就如同各家各戶都點燃起明燈之際，周遭的環境就會被照亮，在旁的人也會被感染而沾得其益。只要點燈的人超出於熄燈的人，則世界將會是光輝燦爛的。誠然，有志追尋真理者不在少數：其中有渴望真道而苦無門路者，有尋得門徑卻苦無良師帶領者，有獲得良師益友指引而礙於環境的桎梏者，有時機成熟而正在邁向真光且一日千里地進步者。他們很可能就在你、我的身旁，只是暫時沒有人振臂一呼而無從被召集在一起而已。假如我們能提供更多研討哲理的機緣、出版更多有價值的典籍、刷新更多重要的翻譯、開啟更多被忽略的文本，則一股清流將被引發，世人將深受其衝擊，以致「若缺江河，沛然莫之能禦」！

欣聞商周出版提出「哲學人」系列出書計畫，內含哲學家原典翻譯、哲人傳記介紹、哲學專題論述、國內外學者研究心得等，藉此突顯哲學智慧的明燈，讓我們能向著真理之光邁進，達致向世人傳達真道，給同道凝聚向心力，使哲學人自我激勵而穩走「正知」、「正行」、「正果」。世人早已對粗俗的言論感到厭煩，此時我們更需要有哲學的先知出而傳播喜訊，讓蘇格拉底與桑提婆之間的疏離可以獲得彌補。誠然，如果蘇氏有足夠的管道與時間去與桑提婆溝通，桑提婆也不至於對蘇氏如此地不諒解。類比地，如果我們有足夠的人力物力去推出更多寶貴的哲學典籍以作溝通工具，使之更普遍化地流傳於市面，讓普羅大眾都可以人手一卷，則很多心結都可以冰釋、很多融通都可以促進、很多隔閡都可以掃除、很多疑慮都可以釐清；到時東方可與西方邂逅、靜觀可與思辯連貫、古典可與當代融通、歐陸可與英美對談、主婦可與哲人默契、桑提婆可與蘇格拉底和解。我們展望著一個大團圓的遠景，而商周「哲學人」至少已經踏出了珍貴的第一步，我們為此而感到慶幸與期待。

（本文作者為台灣大學哲學系教授）

〈導讀〉愛是從位格的生命中心輻射出去的合一動能

賴賢宗

星球捲燃著粉紅色火焰
遙望清靜大空
宛轉的裂隙　釋放大能
追憶　億兆年前的熱情奔放
期盼　滑落長空之後
終極未來的
冷凝

現在僅是
無可言說的
孤絕

天地不過是一粒塵土
宇宙埋藏於一點深心

我們
仍屹立
於時間極速扭曲旋轉的平衡點
一直　朝望天
用塵土深心
向大空　訴說衷情

——賴賢宗詩作〈向空訴情〉

一、愛是甚麼：問世間情是何物？如何尋找真正的愛侶？

荷西．奧德嘉．賈塞特（José Ortega y Gasset）是西班牙著名的哲學家和文學家，他被稱讚是西班牙的屠格涅夫或杜斯妥也夫斯基。法國存在主義大師、諾貝爾文學獎得主卡繆將他譽為歐洲繼尼采之後最偉大的哲學家。他具有文學美妙才華，作品同時也有探索生命存在的靈性深度。

關於愛，必須先知道它不是什麼，然後才可能知道它會是什麼。賈塞特在書中討論了唐璜、莎樂美等等，討論了愛情行為所涉及的複雜心理，區別了愛與欲望的根本差異。一般人固然漠視了唐璜、莎樂美的欲愛典型之中所包含的巨大的心理動力的實質，更是忽視了唐璜、莎樂美的欲愛典型與真正的「愛」的本質差異。

賈塞特在〈愛的面貌〉如此定義「愛」：愛是靈魂的離心行為、是內心的放射（由內在走向他人）；以經常的流動走向它的對象，從愛者到所愛者，以溫暖的肯定圍住它的對象，與對象合一，並且積極地確定對象的存在。因此，愛是從位格的生命中心所輻射出去的合一動能。這個生命中心就是人的屬靈神性的位格存在，合一動能則是動力因，也是目的因。

愛是從位格的生命中心所輻射出去的合一動能。神對人的愛是一種恩典與救贖，人效法基督則是十字架的精神。十字架上的愛的生命中心，就是人的屬靈神性的位格存在對於生命存在的招喚，乃是合一動能，既是動力因，也同時是目的因。因此，賈塞特的書上說愛之對象的選擇乃是內心深處的一種選擇，如果愛情果真是一種選擇，那麼我們在愛情中同時具有一種「認知根據」（ratio cognoscendi）和一種「存在根據」（ratio essendi）。我們在愛情之中體驗到更高的存有，更高的存有乃是愛情的「存在根據」，假若沒有這樣的更高的存有，則我們的所謂的愛情將或許成為淡然無味，失去活力，或許成為飲酖止渴，成為生活混亂的原因。愛情之中的具有靈性的「合一」的體驗則是真正的愛情之「認知根據」，我們因此得以辨認真正的愛情。

二、愛是「合一」與「恩典」：一個東亞哲學的解讀

賈塞特引用聖奧古斯丁的名言：「我的愛是我的引力，它去哪裡我就跟去哪裡。」聖奧古斯丁年輕時候是史上情欲最強烈的人之一，他信仰基督對愛做過極為深刻的思考，有時候他能擺脫把愛跟欲望混為一談的說法。以此作為「愛」之精神標竿。奧古斯丁之所說是指Agape（神愛），神愛是位格（personality）之中的美與善的滿溢而出，是神賜予人的恩典（Grace）。就基督宗教而言，神就是愛，神之愛是實體的實體，成就了一切的誡命與律法。

就西方的愛情哲學而言，大致而言，愛情（Love, Liebe）包含了Eros（情

愛）、Agape（神愛）這兩個主軸。Eros（情愛）起源於主體的匱乏，情愛乃是他者在我之中說話。Agape（神愛）則是位格（personality）之中的美與善的滿溢而出。

詳細言之，愛情（Love, Liebe）包含了肉慾之愛（Libido）、Philia（德愛）、Eros（情愛）、Agape（神愛）四個項目。Eros（情愛）產生於主體的匱乏，包含了靈魂靈性之愛（spiritaul Eros），與欲愛（Libido）。欲愛（Libido）是弗洛依德的術語，指涉潛意識之中的性欲驅力。相對於此，Philia（德愛）乃是以品德互相激勵，男女異性之中，以友輔仁，甚至雙方孳生愛苗也是因德愛而相互尊敬。Philia（德愛）是屬於亞里斯多德的德性倫理學的傳統。Agape（神愛）是人與具有神聖性的更高的存有的合而為一，乃是起源於位格的善與美的滿溢而出。就賈塞特的觀點而言，肉慾之愛（Libido）、Philia（德愛）、Eros（情愛）本身都不是真正的愛，這些都只是為了導引向 Agape（神愛）。或是說，Agape（神愛）使得肉慾之愛（Libido）、Philia（德愛）、Eros（情愛）得到成全。賈塞特〈愛的面貌〉區分欲望跟情感，因此讓愛的獨特之處、愛的本質不至於從我們指縫間流失。在生命的內在經驗之中，愛的孕育能力最強，乃至於愛成為一切孕育能力的象徵。心靈的許多衝動由愛產生，例如願望、思想、意志力的表現和行動。然而這一切雖是由愛而生，一如莊稼由種子而生，卻不是愛本身；愛其實是這一切的根本。凡是我們所愛的東西，我們自然也會去追求，不管是在哪一種意義上，也不管是以哪一種方式。不過，要區分愛與欲望，還有一個更重要也更高尚的理由。想要一件東西的欲望說到底是想要擁有那樣東西，「擁有」意味著那件東西進入我們的生活，彷彿成為「我的」一部分。這是一種占領與控制（domination）的強暴。欲望一旦達成就會自然消滅，隨著得到滿足而逐步消失，轉移興趣。相反的，愛卻是永遠的不滿足。欲望在外表看來是出於主動的，事實上卻是具有被動的性質，而且仔細加以檢視，當我心中有欲望，我想要那樣東西到我這裡來，乃是出於主體的匱乏，有所待於對方。在欲望之中，我是萬有引力的中心，期待那些東西落到我這裡來，讓我占有對方，滿足主體的暫時的欠缺，一旦占有而滿足便棄之而去，仍然處在一種主體的匱乏之中。愛卻正好相反，我們將會看出愛是全然的主動，乃是出於位格的美善的滿溢而出。老子說：「虛而不屈，動而欲出」，愛的位格中心就是如此，虛我忘我，奉獻給對方而與對方共同屬於更高的存有——道。

誠如所說，愛著一件東西的人走出自我，走向他所愛的對象，成為那樣東西的一部分，愛者是生命的勇者，他虛己忘我，與愛慕的對象合一，成為一體，在愛的合一動力之中，回到道的渾全。能讓一個個體走出自我，而走向另一個個體（更高的存有），大自然中最大的力量也許就是愛，道法自然，超性自然之中就包含了這樣的愛。在欲望中，我想把所渴求的對象拉到我這裡來；在愛中，我被拉到所愛的對象那裡去，而在一個更高的存有之中，合而為一，老子說：「常善救人，使無棄人。常善救物，使無棄物。」大愛者汎愛眾，而親人，自覺覺他覺行圓滿，乃是菩薩之愛。

三、愛的本體學：神祕主義與「愛」具有共同的根源

賈塞特引用聖奧古斯丁關於愛的名言，進而討論神祕主義與「愛」具有共同的根源，都是一種Agape（神愛）的體驗，蘊含了一套愛的本體學（Ontology of Love），這裡之所說應該說是此書最大的貢獻。底下做一導讀，並且以田立克（Paul Tillich）的文化神學與亞洲哲學加以補充。

這裡所說的 Agape（神愛）涉及與「合一」的體驗，合一包含了人與自然的

合一，人與人的合一，以及人與神的合一。Agape（神愛）可以點化愛情（Love, Liebe），讓肉慾之愛（Libido）、Philia（德愛）、Eros（情愛）、Agape（神愛）在Agape（神愛）之中得到成全。在東亞哲學的傳統之中，合一體驗就是「和諧」（和）的課題，也就是人與自己的和諧，人與人的和諧，人與自然的合一。人與自然的合一，包含了人與物質的和諧，以及人與靈性自然（超性自然）的和諧。夫婦一倫是五倫之根源，「詩三百，一言以蔽之，思無邪」，在如此的男女情思之中，可以實現人與自己的和諧（情與理），人與人的和諧，人與自然的合一。如此之「詩教」，具備神話詩學的動能，可以點化人生的各種情境，達到整體的和諧。

賈塞特指出：雖然研究神祕主義的學者都曉得神祕主義者經常使用與情愛相關的語彙，卻沒有人注意到一件與此現象互補的事實，亦即墜入情網之人也喜歡使用宗教的詞彙。柏拉圖認為愛是一種「神聖的瘋狂」，而戀愛中之人都「膜拜」其愛人，在她身邊覺得「如在天堂」。藉由「想著神」、「沉入神之中」會達到一個瞬間，在那一瞬間，祂不再位於心靈之外，不再與心靈有所分別，不再是與心靈相對的外在之物。戀愛的心靈程序也是如此。也就是說，祂（或是他以及她）不再是外在之物，而成了內在之物。心靈在神性之愛之中溶解，不再感到祂與自己有別。這就是神祕主義者所追求的「與神聯合」。

田立克指出：弗洛依德認為，透過超我倫理的禁慾以及精神分析的認知達成，人性中根本的破壞與異化（Alienation, Entfremdung）都能被人自己所治癒。這其實已經造就了一種新的宗教，然而弗洛依德的深層心理學理論也具備了一些矛盾。田立克認為，我們必須深化弗洛依德Libido（性愛驅力）中所具有創造性的Eros（情愛，欲愛），達到「神愛」（Agape），才能走出深層心理學的矛盾困境。為此，田立克補充了情愛（Eros）觀點。在西方哲學中，情愛（Eros）之說起源於柏拉圖的《饗宴篇》（*Symposium*）。情愛（Eros）是指那使原本合一，而且是驅使現今分離者相結合的動力。並且，從存有論基礎上來看：

> 重新結合的前提，乃是本質上共同的東西之分離。……絕對相異者不可能進入一種共同體。……因此，不能將愛描述為相異者的結合，它只能是疏離者重新的結合。……而最大的分離，是自我與自我的分離。[1]

1・田立克（Paul Tillich），〈愛、力量與正義〉，頁308。

在這裡，我們看到田立克在《信仰的動力》一書中所主張「靈性」的存有論基礎。在基督信仰中，「聖靈」就是上帝實際的「愛」（Agape，神愛）。《信仰的動力》說：「愛是萬物根基當中的力量，它驅使人超越自身，與他者、及最終與同自身相分離的根基本身復合。」[2]

作為文化神學家，田立克為現代人們挖掘出，那隱藏在深層心理學背後的宗教要素。因為深層心理學的確看到，完美的人格（the ideal of personality）只是一個不真實的幻覺。雖然這樣的人性論點相當悲觀，但它的確幫助我們意識到恩典（grace）的積極意義。如同田立克所說：「這單靠歷史發展是不會發生的，需靠上帝的介入。」[3]神愛（Agape）是一種恩典（grace），是真善美的滿溢而出。相對於此，情愛（Eros）出自於主體的匱乏。

一九五八年，田立克在美國當時十分流行的《週六晚報》之中，發表了一篇〈宗教所失去的向度〉的短文。[4]田立克使用了一個帶有神祕性的空間比喻：「深度的向度」，也就是說具有靈性深度的空間。所謂的「深度的向度」乃是用以對比現代西方社會普遍存在著的生命實存的困境，現代西方社會的人們的生命意義限於「橫向的、水平的、扁平的向度」（horizontal dimension），只是生活在工具理性中，缺少靈性的深度。

探討人的心靈的實存向度，以及愛情的本質，可以說，人的心靈具有橫向和縱向兩個實存的方向，人是頂天立地的，橫向底立於大地之上，而縱向底超越向天中天。橫向的實存方向是空間性的，是認識論的，關心的是如何把自己開放到世界中去的課題；縱向的實存方向是時間性的，是存有論的，關心的是如何向上超越，在更高的存有之中體驗合一。意識的轉變也具有這兩個方向，一個是橫向的空間性的向世界開放，另一個是縱向的自我超越。「菩薩」乃是「覺有情」，乃「以覺情來覺悟有情」，包含了橫向和縱向兩個實存。上述的Agape（神愛）涉及與「合一」的體驗，涉及以上的這兩個方向。就亞洲哲學而言，以上的這兩個方向不是互相隔絕的，而是橫中有縱，縱中有橫，就像人是頂天立地的實存，包含著縱與橫的互相交涉的向度。這是說，在橫的對世界的開放和認識中，具有

2．田立克，*Dynamic of Faith*, New York: Harper & Brothers, 1957, P.114，中譯文引自王濤，《聖愛與欲愛：保羅・蒂利希的愛觀》。頁 75。

3．田立克，盧恩盛譯，《系統神學（第三卷）》，頁 458。

4．田立克，The Lost Dimension in Religion, in *Saturday Evening Post*, 6/14/1958, Vol. 230 Issue 50, 頁 28-29, 以及頁 76-79.

向上企求超越的存在動力；而在縱的向上超越的活動之中，就內在地曲折出橫向的對世界的開放和認識。這是說：我們在橫向向世界開放之時，就在當下一瞬內在底向上超越於佛陀，而佛陀自性也能橫向底開展出種種功德力。

一般人的認識活動和實踐活動帶著強烈的自我之執著與汙染習性，所以在境界現前之時，執著於境界，從而從身語意造作了種種貪嗔痴，在橫向的認識活動之時，生起種種虛妄分別，更造作出種種貪嗔痴的行為。亞洲哲學提出功夫論等等實踐的向度，例如以唯識觀和禪修來加以轉化。

就此心靈轉化而言，或說就愛情的精神標竿而言，以唯識學而觀，分為兩個階段，方便唯識和正觀唯識，分別是「識有境無」和「境識俱泯」的階段。方便唯識是「識有境無」，了知「萬法唯心造」，了解外境的對象本身並不存在，那只是意識表象活動的變現之結果而已，所以回到主體的能動性，回到能夠變現萬有的主人公，不要受到外物的牽引而引動物欲，這是將橫列之物象攝回到縱；而正觀唯識是「境識俱泯」，在統一心的主客合一的狀態之中，進而「境識俱泯於法界」，這是體證縱之境識俱泯就是法界的真實性的顯現，而法界可以通於如來藏緣起，所以，縱中有橫，是無分別的分別，甚至是佛性的全體大用的顯現。

縱是向上超越，橫是開放給世界。開放給世界而不執著於外境，能夠不斷開放，這意味著橫向的開放具有向上超越的縱向的源頭活水。而縱向的向上超越也不是遺世獨立，而是活在每一個當下，在每一個當下都活出它的向上一機。禪就強調「活在當下」與「向上一機」；「活在當下」是在橫向的存在向度之中，不攀緣不沾滯；而「向上一機」，是強調在每一個當下，都能契悟全體展現的一機，時時具有佛性的自覺。

因此，在亞洲哲學之中，相當於前述的Agape（神愛）的一個典範乃是觀世音菩薩的大悲心（karuna），大悲心乃是同體大悲，無緣大慈，其本質就是一種廣大靈感、入世激濁揚清的精神力量，衝擊五濁的惡世，藉以激發有情的覺性，所以稱為「大慈大悲廣大靈感觀世音菩薩」。觀世音菩薩屬於蓮花部，轉化情感與貪欲而成就淨土。悲從字形上看是「非心」，非心的悲就是一種不動搖而湛然常寂的哀慟拔苦的行動力，是感情的無上的昇華，是一種無分別的空性智慧所引燃的力動，凡是受到觀世音菩薩的大悲的感召的人，都活在這種力動之中，而自然而然底投入觀世音菩薩的大悲事業之中。

（本文作者為台北大學中文系教授暨系主任）

目次

談女性對歷史之影響

不管男性多麼常從根本來改善自己，
在科學或藝術作品中，總是發生在一種情況下，
當他透過女性心靈的媒介望向無窮，
女性的心靈像水晶一般反射出每個世紀的具體理想。
因此詩人雪萊能對愛人這樣說：
「愛人，妳是我比較好的自己。」

（此文發表於一九二四年，係賈塞特為維多莉亞・歐康波斯[1]
一部評論但丁作品之著作所寫的跋）

敬愛的女士：

這趟郊遊引人入勝。妳帶領我們走過三行詩節吟唱的道路，只用溫柔的手在此處或彼處加上解釋的重音，好讓那齣舊戲在新的意義中重新誕生。偶爾我們忘了但丁筆下的人物，為了妳的手勢而著迷。不過，同樣的情形當年不也發生在但丁和他那個優秀的嚮導身上嗎？此事自古皆然。對當代的渴望讓那齣古老、巧妙但失去血色的戲劇在另一齣新戲之前相形失色，而這齣新戲產生自古老戲劇在妳心中的反射。假如但丁重回人間，我想他也不會覺得這有什麼可議之處。他深刻地享受到認知的喜悅，不會輕視雙重的享受，這種享受在於不總只是直接了當地來看世界，而是偶爾透過他人眼睛的反射來看世界。早在艾雷迪亞[2]之前七百年，但丁就說過：在一隻眼睛裡也能看見一艘船順流而下。好個表白！他之所以這樣說肯定是因為他曾經對著一雙追隨他的眼眸彎下身子：充滿認知的欲望，乃至甜蜜地四目相接；探索瞳孔深處流動的河水，上有船隻航行，眼眸駕馭著龍骨。每一行詩都藏著最幽微的祕密，是他心靈之書裡暗藏的一頁。由於我稍後將會談到他保持距離的策略，在這裡最好從近處來回想他的事蹟。儘管他生性羞怯，卻是個愛情的勇者，那些會帶來死亡的潰敗並沒有嚇退他。他在一個只有他熟悉的海灣裡看見那艘船，也唯獨四目相接時才能看到。古希臘作家普魯塔克[3]記述了一個近似的事件：戰士帶著畫得熱鬧非凡的盾牌走上戰場，一個士兵的盾牌上只畫著一隻蚊子。「膽小鬼！」其他的士兵譏笑他：「你以為敵人會沒注意到你，讓你溜到他身邊去！」「正好相反，」遭到辱罵的士兵說：「我會靠近敵人身邊，近到他不得不看見這隻蚊子，不管他願不願意。」

不過，事情很清楚，但丁充滿靈性的特質固然必須透過日常生活來理解，但這尚不足以解釋，我們在讀妳的書時想起妳勝過妳所評論的那首詩。我們另有一個更高尚的解釋，而但丁早在我們之前就已提出。

敬愛的女士，妳是一面鏡子，反映出真正的女性特質。妳的形貌散發出罕見

1・Victoria Ocampos（1890-1979），阿根廷作家，也是傳奇性文學雜誌 Sur 的發行人，在南美洲極富盛名。

2・José-Maria de Heredia（1842-1905），生於古巴之法國詩人。

3・Plutarch（約 46-120），古希臘哲學家與作家。

的優點，揉合了優雅，這自然會引誘我們看著妳走過但丁的世界，在那裡萬物合而為一。我們偶爾會重新展開在彼世的漫遊，藉此得到新的意義和未曾察覺的魅力。因為敬愛的女士，無法抗拒的熱忱與同樣無法抗拒的斥責都源自妳的心。專心追隨妳的感覺，確定妳的感覺在何處停留，在何處繼續前行，這真是種享受！妳的激動教導了我們，因為從每一次激動中都能看出妳的贊同或反對！

不過，女性的典範不正是但丁的偉大發現嗎？很遺憾，女性對歷史的影響仍然是尚未寫成的一章，沒有人知道詳細的情形。關於這一點，唯一的辯解是同樣無人嘗試去寫男性對於女性情感的歷史。一般人以為這種情感在每個時代或多或少都是一樣的，事實上，這涉及極度錯綜複雜的過程，在這個過程中有得有失。

首先要確定的是，世界的歷史具有交錯的性別。有些時代具有男性性格，有些時代具有女人性格。若要從西方文明中挑個例子出來，不妨想一想中古時代早期是多麼男性化，女性不在公眾生活中出現。男人投身於戰爭，遠離溫柔的女性，飲酒唱歌，過著與袍澤相伴為伍的生活。中古時代晚期則讓女性的星辰在地平線上升起，在我看來，這是古代歐洲歷史中最迷人的時期。妳也注意到了這一點，而在論文結尾提到普羅旺斯的愛情宮廷[4]。直到如今，綻放於十二世紀的騎士禮節文化仍未在歷史上得到應有的地位，在我看來，此文化乃是西方文明中極為重要的一部分。聖方濟、但丁、亞維農的教皇宮廷和文藝復興都源自此一文化，我們如今的則是接續其後。這些都是普羅旺斯幾位仕女大膽撒下的種子所結出的豐碩果實，她們樹立了一種新的生活風格。面對僧侶和戰士這兩種不自然的禁慾生活，這些女士勇敢地要求淨化內心與敏銳心智的規範。她們的影響在於振興了古希臘人的最高法則，節制（metron）。中古時代早期就跟男性一樣毫無節制，騎士禮節的法則重新宣示了有節制之舉止的統治地位，只有在有節制之舉止的統治下女性才得以自由呼吸。

此一美好生活方式的消息像一陣微風飄散開來，一直飄到歐洲的邊界。即便像《熙德之歌》[5]這般萌生於堅硬土壤的粗糙詩歌也夾雜這樣的詩句：

4・cours d'amour 係中古時期的一種宮廷娛樂，興起於十二世紀的普羅旺斯，模仿法庭的形式進行問答遊戲，多半由貴族仕女擔任主席。

5・*Poema de Mio Cid* 係西班牙史詩，約寫於一一四〇年，敘述英雄熙德一生事蹟。

熙德聰明而有節制地說

也就是說，普羅旺斯宮廷裡有良好教養的女士團結一致，讓節制傳到了遙遠西班牙卡斯提爾（Castilla）粗獷的英雄詩歌中，同樣的，歌德也是在史泰因夫人的影響下拋下了他年輕時粗魯的條頓族文化。基於這個原因，歌德稱史泰因夫人為他的「馴服者」，並贈予我們這樣的忠告：

若想清楚得知何謂得體，
只需請教高貴的女士。

女人對男人來說最早是個獵物，是他擄獲的一具身體。但這種獵人與獵物的關係，長時間下來無法令人滿足。漸漸開化的男人希望捕捉到的東西能聽命於他，於是捕捉變成了贏得，獵物成了獎賞。為了得到獎賞，必須證明自己值得擁有它，要提升自己成為那個藏在女人心中的理想男人。隨著這種奇特的轉移，兩性的角色調換了：衝出籠中的野獸變成了俘虜。在純粹由性本能主導的時代，男人像強盜一樣撲向每個能得到的美女。但是在精神愛情的狀態下，男人克制住自己，先從女人臉上讀出邀請還是拒絕的表情。騎士禮節的文化揭開了兩性新關係的序幕，多虧了這種新關係，女人的地位得以提升，成為男人的教育者。在歷史的這個轉捩點上，但丁位於其頂點。創作《新生》（*La Vita Nova*）的詩人被一個女子塑造成一個新男人，在她的鑿子下，他幸福得微微顫抖。只有當佩雅特麗琪[6]點頭，當她表示允許，但丁才呼吸。她僅是遠遠地走過，帶著前拉斐爾時期的矜持。詩人心裡只想著一件事：她會不會跟他打招呼？情緒不佳的佩雅特麗琪避開了但丁的招呼，他內心深處受到了震撼。初次看見她時但丁說：「她嫻雅有禮地向我打了招呼，在那一刻我彷彿瞥見了無邊的幸福。」而另一天他說：「她居然不肯理我，不肯向我打招呼。」從那時起，唯一的希望折磨著他：「希望得

6．Beatrice 是與但丁年紀相仿的一位少女，但丁九歲時初次見到她，當時她一身紅衣，十八歲時再度與她相遇，她身穿白色衣裳。這兩次相見讓但丁留下深刻的印象，佩雅特麗琪成為他心目中完美的女性。後來但丁在《新生》一書中記述了對她的愛戀。

到她動人的招呼」。

「打招呼」和「不打招呼」如同兩條無形的韁繩，就跟北回歸線一樣無形，那個少女聰明地用這兩條韁繩駕馭著詩人的少年時代。顯然只有崇高的人物才具備這等超凡神奇的力量，可以稱之為「溫柔而純粹的女性」，一如但丁所言。他不願意確實評價身體的意義，當他說起那雙眼睛的時候，堅持那是「愛情的源頭」，稱她的嘴巴為「愛情的頂點」，摒除任何不潔的念頭：「我曾說過我只企求她跟我打招呼，那就是我最大的欲望，當我說到她的嘴，指的就是她向我打招呼時嘴巴的動作，並沒有其他不正當的意思。」

據說聖方濟可以靠著一隻蟋蟀的鳴聲活七天。但丁從那張他所思慕的脣和他所愛戀的眼睛只擷取問候的微笑，一份無法言說的禮物。在但丁較晚期的作品中，我們一再遇見這抹微笑，他所盼望的微笑是哥德式的，仍舊活在那些石刻的聖母像上，裝飾著歐洲大教堂入口。

因為此一微笑在她眼中閃爍

彷彿我所受的恩賜，天堂的底部
和我的心底相接觸

但丁在他畢生的鉅著接近結尾處這麼說，整理他少年時代的回憶，回想他展開新生活的那一瞬間。

敬愛的女士，這個主題填滿了我的內心，我有太多的話想說，請允許我藉此機會說出我的看法，關於女人在歷史上的生物學任務。尤其希望妳不要對我使用「女人」這個詞感到刺耳。我相信妳很快就會明白，為了達到目的，我不能用別的字眼來取代它。

如果我們忘了女人首先並非妻子、母親、姊妹或女兒，女人的真正使命就無法顯露出來。所有這些特質都是女性特質的表現，都是當女人不再是女人或是尚未成為女人時的形式。當然，假如世上沒有我們稱之為妻子、母親、姊妹、女兒的美妙現象，這個世界將會悲哀地有所殘缺。這些現象的每一種都如此獨一無二，值得尊敬，讓我們幾乎難以想像還有比這更崇高的。但我必須指出，所有這些現象仍然不足以讓女性特質的種類齊全，是的，和作為女人的女人相比，這些現象甚至只是次要的。

女人的這些頭銜，彼此之間的差別都在於確定某一種直接的目的。人人都知道並感覺得到一位母親、妻子、姊妹、女兒是什麼樣子，但是女人這種動人的四重身分將不會存在，假如她在這之前根本不先是女人的話。

可是我要問，什麼是作為女人的女人？

在回答這個問題之前，我必須先批評一般對於「理想」的理解。敬愛的女士，這兩百年來，大家就固執地對我們講述理想主義，尤其是哲學家和教育家不斷用這種說法來糾纏我們，說生命只有在為理想服務時才有價值。不管這種說法有幾分真實，以這種形式來表達是個災難性的錯誤，理應被捨棄。關於正義的理想、真相的理想或是美的理想，大家說了很多，可是沒有人問，何以某樣東西必須先創造出來，才能被視為理想。別人狂熱地向我們稱頌這個或那個標準是不夠的，昨日的理想到了今日已不再是理想。我們一再經歷這個古老的故事：一個理想萌芽，綻放，而後凋萎。可是該如何解釋理想之易逝，既然其內容總是相同的？我們顯然不該將理想視為某種自行存在的東西，某種跟理想的創造者，也就是我們無關的東西。因此，一個完美的東西仍不是理想。理想具有生死存亡的功能，是生活的一種工具，就跟無數其他的工具一樣。倫理學和美學可以隨時訂定理想，但只有生物學才能告訴我們理想究竟肩負著什麼樣的任務。

有時候別人想說服我們，說理想是遠離生活的東西，飄浮在某個高空，凡夫俗子唯有拋棄自己在塵世的生活才能企及。宣揚這種想法的人不明白他們使自己的理想主義蒙受多大的損害。因為他們讓世人以為就算沒有任何理想的介入，生活依舊可以存在。那麼這些理想自然就如同車子上的第五個輪子，完全是一種多餘的附加物。

敬愛的女士，那種說法我一個字也不相信。所有的生活都不可能沒有理想，至少是所有人類的生活。換句話說：理想是生活的一種根本元素。

新的生物學即將證明活生生的有機體並非只是由身體構成，就人類而言，由一具身體再加上心靈。身體與心靈，就其本身而言，人的這個整體不過是一個生理與心智器官的系統，亦即一個活動的器械系統。生命由一個具有生理與心理功能、過程與活動的系統構成。這些活動，不論是直接還是間接，係針對環境而發，也對環境產生影響。眼睛看見風景中的物體，手便伸出去碰觸它們。可是如果以為環境只是我們活動的對象，那就錯了。每一天都可明顯看出有機體的活動不能缺少刺激，即使是進食這種最基本的活動。也就是說，對生物而言，刺激不可或缺。所有的一切在很大程度上都取決於此，乃至於我們可以說：活著便意味著受到刺激。而環境是種種刺激的儲藏室，不斷對我們的有機體產生影響，讓生命流動。每一個物種，甚至每一個個體都擁有自己的環境。馬蜂的眼睛由六千個小眼睛構成，牠勢必擁有一種特殊的視覺環境，因此能夠對特別的刺激起反應。

由這種簡單的觀察可以得知，環境絕非某種獨立於生物有機體之外的東西，其本身就是有機體的一個器官，感受刺激的器官。由此來看，生命是個人與環境之間一場充滿活力的對話。大氣的壓力、氣溫、乾濕程度、光線刺激著我們的身體。除此之外，環境也還具有其他事物，不論具體的或是想像出來的，其功能在於刺激我們的心智神經，而心智神經又會把刺激傳到身體上。理想就是這種刺激心理的東西。因此，關於理想的那些空洞、油滑、偽裝神祕的胡說八道可以休矣。理想吸引著我們的生命，刺激著我們的生命，是生物學上的彈簧，正要爆發的能量雷管。沒有理想就沒有生命。幸好在我們的環境中充滿取之不盡的理想，充滿非屬塵世、甚至不可能存在的幻覺。其中有些極小、極微不足道，我們幾乎不加以承認。但也有些具有歷史規模，極其巨大，貫穿我們的全部生命。這可以發生在一個人身上，也可以發生在一個民族身上，甚至凌駕整個時代。當然，大家也許只想把理想一詞用於那些宏大的事物上，但我必須加以補充，讓理想之成為理想的並非其規模，理想與最不起眼的刺激有共同之處：亦即吸引人、使人興奮、使人入迷的力量。理想是生命的一個器官，其天職在於刺激生命。敬愛的女士，生命就跟騎士一樣需要馬刺。因此，生物學的分析絕非只限於生物的身體與心靈，而要包含這種生物所懷抱理想的清單。因為即使身心健康，我們仍舊可能陷入生命的墮落，就只是由於我們的「理想」不夠衛生。

結論是：某件東西要成為「理想」，單是出於道德、品味或是傳統，而被認為值得成為「理想」尚嫌不足，這件東西必須具備挑動我們神經的力量，令我們著迷，抓住我們的全副感受。否則的話，那就只是「理想」的鬼魂，是一個麻痺的理想，沒有能力讓生命拉緊的弓爆發開來。「理想」有兩張臉，到目前為止，大家只注意到其中望向絕對的那一張，而忽略了朝向內在生命運作的那一張。我們用「幻想」這個因常用而變得庸俗的字眼來指稱「吸引」的功能，「理想」的本質就建立在這種吸引上。

現在，我可以再回到之前提出的那個問題上。當女人就只是女人的時候，女人的職責在於作為具體的理想、一種魔力和男人的幻想。不多，也不少。一個男人可以真誠地熱愛他的母親、妻子、女兒或姊妹，他的感情卻沒有被幻想的重音所強調。另一方面，一個男人可以感覺到幻想、被迷住、被吸引，卻沒有感受到任何人子之愛、父愛、人夫之愛或兄弟之愛。女性有著敏銳的嗅覺，很快就能看出她們所引發的情感是否帶有幻想的性質，而私底下，她們只有在這種情況下才覺得受到恭維，才感到心滿意足。德坎普斯（José de Campos）這位十八世紀敏銳的西班牙作家寫道：「只有女人的心能夠完全填滿男人的心。」

也就是說，女人是女人的程度就在於她讓男人入迷或是生出幻想的程度。

一個完美的母親是母親的理想，但是身為母親這件事本身並不意味著理想。

因此，女人各種頭銜之間的區分很清楚，每一種都有自己對於優點和美德的標準。有可能出現一個完美的妻子、母親或姊妹，但她不具有女人的完美。反之亦然。

另一方面，女人生命所有其餘的可能性都建立在女人具有魔力的使命上。如果女人不能使男人著迷，男人就不會娶她為妻，讓她成為女兒的母親，女兒則成為兒子的姊妹。也就是說，一切都建立在這種令人著迷的魔力上。在夏多布里昂[7]的《殉道者》（*Martyrs*）中，一個羅馬統帥從他駐守的堡壘看著星空，恍如在夢中。在他面前是一個不屬於塵世的魅影，那是愛著他的巫女，高䠷的維萊達留著金色長髮，神聖的金色新月在她胸前，她向他說：「你知道我是仙女嗎？」事情就是這樣：女人在能夠成為其他的身分之前，先得像個仙女一樣出現在男人面前，就跟維萊達一樣。這個幻覺可以只是一瞬，也可以是永遠，易逝或永恆，那幻覺讓女人有機會行使她對男人所具有的至高力量，這種力量是女人與生俱來

7 • François-René de Chateaubriand（1768-1848），法國作家、歷史學家、外交官與政治人物。

的。

很難相信有人盲目到認為，女人可以透過選舉權和博士學位來對歷史產生影響，就跟透過幻想這種具有魔力的潛能一樣。除了女人對男人的吸引力之外，人類的天性不具有第二種同等萬無一失的驅動力，因此在這種吸引力中可以看出大自然改善物種的微妙手段。

要知道，打從歐洲歷史的開端，在《伊里亞德》（*Ilias*）的第一篇詩歌裡，女人就是比賽與戰爭中勝利者的獎賞，最快、最強的男人得到最美的女人。就這樣，我們看見才剛要走進歷史的男性在競賽與決鬥中為了女人而戰。後來女人不再只是給予最優秀男子的獎賞，而是由她自己來決定誰才是最優秀的：社會生活不外乎是男人之間的公開競爭，較量彼此的能力，目的在於得到女人的獎賞。尤其是在那些成果最豐碩、最燦爛的時代——十三世紀、文藝復興、十八世紀——風俗著重於允許女子來作裁判，用斯湯達爾（Stendhal）的話來說是「功績的裁判」。不過，有人會提出反駁意見，說女人並不總是把票投給最優秀的男人，而是投給在她看來最優秀的，亦即最能夠體現她心中理想的男子。事情的確是如此。女人把理想男子的形象藏在心中，在輪到她登場的時刻便將它拋到人生的市場上，這個形象就好像一種彩券，歸持有相同數字的男子所有。我們就這樣掌握住歷史的進程，歷史有一大部分是由女子所編織出的理想男性的歷史。例如，普羅旺斯的宮廷仕女希望男子「勇敢而有禮」，她們就這樣創造出理想的貴族，即使經過沒落和多次受創，理想的貴族直到如今仍然左右了歐洲的社會。

在每一代人當中，符合當代年輕女子最普遍之理想的年輕男子會受到偏好。身為男子他們會點燃最溫暖的爐火，身為丈夫他們會生出最好的兒子，這些兒子在成長中感受到雙親的和諧，有朝一日將以同樣的精神把生命延續下去。

敬愛的女士，這件事將不會改變。人生就是如此，令人驚奇而且布滿意料之外的道路。年輕女孩在深閨中想出來的幻象難以掌握，而且轉瞬即逝，誰會相信這個幻象將在幾世紀中留下比戰神的刀劍更深的痕跡。下一個世紀的現實，絕大部分將取決於少女所編織的祕密幻想。莎士比亞說的沒錯：我們的人生係由夢境編織而成！

敬愛的女士，我並不想藉這個機會對現代的女性主義表示反對。女性主義的具體目標有可能讓我覺得值得尊敬與支持，但即便如此，我還是敢聲稱整個女性主義只是一個膚淺的運動，沒有注意到女性對歷史的獨特影響這個大哉問。由於缺乏判斷力，導致女性主義在男性活動的形式中尋找女性的作用。很顯然，這樣的尋索是不會有結果的。

別忘了每一種生物都以自己的方式跟命運連結在一起，我們應該要睜大眼睛來辨識。

偉大的劇作家赫伯爾[8]自問是否能讓女人作為悲劇的主角，但他認為英雄主義在於行動過度，而這跟女性的一般態度並不相容。他分析寡婦猶滴（Judith）的故事[9]，發現她是基於對勇敢戰士的熱烈欽佩而大膽來到荷羅孚尼（Holofern）的帳篷，砍下了他的腦袋，以報復所受的侮辱。她的英雄行徑禁不起進一步的檢視，事實上，那是由引誘和諸多弱點交織而成。赫伯爾想要一個更好的女英雄，於是創造出他筆下的吉諾薇瓦，她除了受苦以外什麼也沒做。吉諾薇瓦於是成了一種消極女性英雄主義的象徵，其行動就只在於受苦：「以忍受作為行動。」這是赫伯爾對於女性天職的表達方式。

赫伯爾的解決之道在我看來過於誇張。女性的天職固然不在於行動，但是在行動與忍受之間還有一個中間地帶：存在。

凡是情感較溫柔的男子至少會有一次這樣的經驗：在看見一名女子時感受到女人是種不一樣的生物，一種更高尚的生物。的確，這名女子擁有的知識比我們少，藝術創造力比我們少，政治天分比我們少，統帥能力比我們少，但我們感受到她是種更高尚的生物。在從事同一種工作而能力相差很遠的男人之間絕不會出現這種感受。原因在於男性的本領在某種程度上只是附加在他身上的工具，不管是科學天分或藝術才華、政治手腕或財務技巧，還是道德上的英雄行徑。他的才華創造出普遍可用的事物，或是必須存在的事物，如科學、藝術、財富、公共秩序，但我們真正珍惜的並非他們的才華，而是那些事物，只有少量的注意力落在

8．Christian Friedrich Hebbel（1813-1863），德國詩人及劇作家。《吉諾薇瓦》（*Genoveva*）是他所創作的一齣劇本，後來由舒曼譜寫成同名歌劇。

9．出自舊約聖經的故事，年輕美麗的寡婦猶滴色誘敵軍首領荷羅孚尼，斬下了他的頭顱。

創造出這些事物所需要的才能上。我們想要的不是詩人，而是詩篇；不是政治人物，而是政治。才華並不屬於個人，這種特性從一件事實就能彰顯出來，亦即有著嚴重個人缺陷的人仍然可能具有才華。男性的長處在於行動，女性的長處在於存在。男性的價值端視他做了什麼而定，女性的價值則要看她「是」什麼。

尤其是女性吸引男性之處完全在於她那個人，而不在於她所做的事。因此，女性對於歷史的重大影響並非以行動的形式發生，而是透過她人格靜止、純粹的存在而發生。陽光不費力氣就能發出光亮，而在它的照耀之下，萬物煥發出各自的色彩。同樣的，女性做她所做的事也毫不費力——藉由她的存在，她發出的光亮。值得注意的是，比起妻子、女兒、姊妹具有功能性的特質，這種發光的特性在女性所有的身分中重複出現。各位認為母親為孩子所做的是工作嗎？妻子為丈夫所做的，姊妹為兄弟所做的也是工作嗎？是什麼造就了這個奇蹟，讓女性手中做出的所有事情不著痕跡地發生？女性的作為是不可思議的。看起來彷彿她根本沒有插手干預生活，她的介入沒有一絲勉強，不帶一點蠻力。男人振臂作戰，在世界各地進行大膽的探險，用石頭壘砌宏偉的建築，寫作書籍，發表言論，就連只是在思考的時候也無聲地用力，消耗他的肌肉，彷彿他即將奮力一躍。女人除了動動雙手之外什麼也不做，而那與其說是動作，不如說是手勢。在一個古羅馬的墓中埋葬著一位生出最勇敢兒子的母親的骨骸，而墓碑上除了姓名之外只有兩個拉丁字：demiseda, lanifica，意思是「她待在家中紡紗」，如此而已。我們卻彷彿看見這位年高望重的婦人安詳地蹲坐在門檻上，用修長的手指整理白色的羊毛。

女性的影響是無形的，一如它無所不在。這個影響不像男性的影響那麼吵雜，而是靜態的，如同大氣一般。在女性的秉性當中想必具有一種大氣般的元素，像氣候一樣緩緩起作用。當我說男性是依其作為來衡量，女性是依其存在來衡量，就是這個意思。

這也就可以解釋女性的發展過程跟男性的發展過程性質不同。男性想在科學、藝術、政治、技術上精益求精，女性則使自己更加完美，變得越來越精緻，要求越來越高。

要求越來越高！依我之見，這是女子在世間真正的使命：在使男性更加完美這件事上要求越來越高。男性接近女性，是為了博得她的青睞。他把自己的才能綁成花束，呈獻給這位美麗的裁判。就算是平常不修邊幅的男人在追求女人時，也會細心留意自己的外表，這一點正顯現出女性讓所有的男子負有洗滌內心的義務。這種對自己內心不自覺的檢查和滌淨是男性使自己更加完善的第一步，使自己更加完善則是男性對女性所應盡的義務，事情就這樣一步步發展下去。於是男人帶著自己的特性走到女人面前，表明愛意，說出他想說的話，展示他的才能，捕捉那個表示接受或拒絕的眼神。他的每一個行動都會招來她譴責的表情或是獎勵的微笑，結果是男人會自覺或不自覺地漸漸減少那些遭到排拒的行為，最後終於完全放棄，只維持獲得贊同的行為。有朝一日他醒過來，成為另一個全新的人。女人什麼也沒做，就跟花叢裡的薔薇一樣，頂多只是靠著轉瞬即逝的手勢所散發出的無形氣質，那些手勢像一個無形的鑿子一樣落下，女人就這樣把原始的男性塑造成新的男性雕像。可以說女性在心中懷有一具想像出來的肖像，她讓這具肖像在每個靠近她的男子身上產生潛移默化的作用。而我的確認為事情就是如此：每個女人在內心深處都藏有一個男人的原始形象，只不過大多是不自覺的。

女性的長處不在於「知」，而在於「感覺」。「知」意味著賦予事物意義與概念，這是男人的事。女性並不知道自己心中那個男人的原始形象，可是她和男性交往時所感受到的好惡，就讓她發現自己心中不自覺所懷有的理想形象。唯有這樣才能解釋一件事實（在此我並不打算深入探討），亦即凡是真正的愛情都是以「一見鍾情」的方式出現，尤其是女子的愛情。慢慢變成的愛情不是愛情，毫無保留的愛情驟然出現，而且如此迅速，如此吸引人，讓女人一感受到這份愛情就有天崩地裂的感覺。這個無法否認的現象只有一個解釋，亦即女子心中想像的形象突然具體出現在她所遇見的男子身上。愛情已經在等待，只需要被點燃。

絕大多數的男人活在空洞的言詞、承襲的理想與麻木接收的感覺當中。同樣的，絕大多數的女子心中懷著一個極其普通的男子形象，一種在世上常見的樣板。然而，一如世上有天才洋溢的男子琢磨出新的思想、創造出新的藝術風格、制定出新的法律準則，世上也有天才洋溢的女子，帶有具創造力的敏感，讓一種新的理想男性在她們莊嚴的心中萌芽。這個理想男性的形象會對整個社會產生影響，如同一種至高無上的指令，作為一種典範和原型，藉由女性對男性所具有的那種魔力來教育整個社會，提升整個社會。

也就是說，女性跟男性一樣，具有的天賦因人而異。純粹的女性特質是文化的一個基本層面，甚至還有一種女性特有的文化，有其自己的才華和天賦，有自己的目標、勝利和失敗。藉由這種女性特有的文化，女性在歷史上一向占有一席之地。

社會中若能有幾十個女子懂得自我教育，使自己更加完善，直到她們成為堅實的藝術品，有如生活的音叉，懷有對更崇高未來的想像，她們對這個社會的貢獻將遠勝過所有的教育家和政治人物。有所要求的女性不會滿足於正在流行的男性特質，她會希望男性具有新的美德，藉由拒絕環繞在她身邊的平庸事物，而在社會的高處製造出一種真空。就跟自然界的情況一樣，這種真空會引發「對空虛的恐懼」（horror vacui），於是很快就有新的現實去填滿它：男性遵從另一種羅盤，他的大腦產生新的想法，他的心萌發新的抱負。他展開不曾有人從事過的活動，在人生中破浪前進。他的整個生命向上爬升，為了找到希望之鄉，在彼處那名女子將帶著勝利的喜悅迎接他，和他展開歷史上一季新的春天，一整個新的生命——「新生」！

敬愛的女士，妳看見我在兜了這麼一個圈子之後，又忠實地回到我的出發點。我所說的一切不過是在評論但丁年少時的經歷，他把這段經歷寫在第一本書裡，永遠地保存下來。《新生》的故事講述著那個佛羅倫斯少女的三、四個神情，是但丁遠遠地捕捉到的。一個表達讚許問候的微笑，或是表示拒絕的沉默寒霜，如此而已。但丁的人生從此就由這個少女的微笑所決定，如同船夫在茫茫大海上循著閃亮的星辰來確立航向，一個新的時代也隨之展開。

寫作《神曲・天堂篇》的詩人沒有自行追求完美，而認為從佩雅特麗琪的臉上讀出追求完美的法則比較可靠。因此他說：

> 佩雅特麗琪站在那裡，凝視著永恆的天空，
> 我的雙眼則避開天空，凝視著她。

這就是那個祕密的過程，隱藏在歷史的表層之下一再重演。歌德在《浮士

德》（*Faust*）中藉由神祕的合唱如此歌頌著：

永恆的女性
引領我們向上

榮光的聖母在這之前對葛麗卿所說的也是相同的意思：

來吧！往更高處飛升
當他知道妳在此，就會跟隨著妳

不管男性多麼常從根本來改善自己，在科學藝術作品中，總是發生在一種情況下，亦即當他透過女性心靈的媒介望向無窮，女性的心靈像水晶一般反射出每個世紀的具體理想。因此詩人雪萊能對愛人這樣說：「愛人，妳是我比較好的自己。」

男性藉由工作所創造的一切進步僅碰觸到生命核心的表層。相反的，女性所促成的進步要更為崇高，涉及生命本身，萌發新的可能。因此，當最優秀的男子進入傑出女子的生活圈，他們才會充滿那種無盡的渴望與炙熱的幻想。如果我們對書籍、繪畫、法律中的一切追根究柢，就會發現其中都有一個女子的濃濃身影。這與平凡的風流韻事無關，而是涉及至高的感動，如同女祭司狄奧提瑪（Diotima）在曼提尼亞（Mantinea）冷冷的黃昏裡讓蘇格拉底體會到的那種感動一樣。那是對盡善盡美的渴望，當傑出男性看見傑出女性時，這種渴望便在他心中爆發。

個人跟民族一樣，其特質透過理想要比起透過現實更能表現出來。我們心中所想能否達成，取決於運氣，但是「想」這件事就只取決於我們的心。因此，一個民族中較高尚的女性預示著該民族潛在的天賦。不論何時何地，永恆的女性像星辰一樣位於頂端，預先投射出民族的將來。

敬愛的女士，在我離開阿根廷前有幸遇見妳和妳的友人，已經過了八年。妳們讓我留下深刻的印象，這印象始終如在眼前，一群出自年輕國家的模範女性。我在妳們身上發現追求完美的渴望、高尚的品味，以及對所有莊嚴努力的尊重，乃至於我們之間的每一段談話都深深掘進我心靈。在經過千番篩選的古老文化中會出現卓越的女性，這可以理解，儘管也不見得經常發生。尼采把完美的女性稱為比完美的男性更高尚的人類，因此也更少出現。而一個才正在形成的年輕民族能夠培養出這樣的人物，其中蘊含大自然的祕密，值得我們深思。當古老文化孕育出這般人物時，他們可說是最終的結果。然而當年輕的民族從內在過剩的豐饒創造出模範人物，其用意在於作為典範，同時也是使民族趨於完善的推手。妳和女性友人在一個偉大民族的春天裡在我面前綻放，讓我有了這些關於女性對歷史之影響的想法。它們與但丁的經驗相符，也決定了我表達出來的時機。我懷著敬重和感謝將這些想法獻給妳。

我不知道妳所生活的社會是否能夠瞭解妳身上令人欣賞的典範。阿根廷的使命不就在於走上一條與美國人不同的道路嗎？好讓美洲這兩塊大陸能達到平衡？既然北美洲的美國耽溺於對「量」的崇拜，那麼阿根廷民族偏好「質」，決定創造出一種更優越的男性，自然是很合理的。我不懷疑這個天意，因為我在妳身上可以說看見了南半球的蒙娜麗莎。

敬愛的女士，為什麼妳這麼討人喜歡？為什麼妳用每一句話把我們提升得更高？在書中妳個人的想法隱而未言的部分勝過說出來的，在但丁的偉大之前感到拘束是合理的，有誰比妳更瞭解他？當妳帶領著我們探索但丁的作品，妳令我們意識到的問題多過妳自己解答的問題。我們期待妳再寫一本書，不僅包含著問題，也包含了答案。別忘了，那位詩人以眾人之名祈求：

在言說與沉默之中，我都期待
妳來告訴我何時與如何——

敬愛的女士，這趟郊遊很迷人，美中不足之處在於妳透過充滿靈性的吸引力帶領我們到無邊的高處之後，就這樣離開我們。我們除了往下走還能怎麼辦？至少我個人限於自身能力，只能著手寫一篇文章，題目會是：從佩雅特麗琪到法蘭賽絲卡[10]，討論下降。這樣的例子並不罕見。我們可以回想一下，為了贏得一個女人的兩趟最偉大的旅程是朝著相反的方向進行。但丁為了找到佩雅特麗琪而爬上九重天，希臘神話中的奧菲斯卻吹著笛子走下冥府去尋覓尤麗狄絲。

我承認，雖然我喜歡與但丁同行，而且從不羞於向他學習，但我仍覺得他的教導有點偏頗不足。他所採取的立場在情感的發展過程中絕不可能意味著終點。當然，努力掙得在那之前所沒有的精神愛情是必要的，可是在掙得之後，我們必須再度將之與身體結合。我認為這個時代的任務就在於把情感身體化，把身體跟心靈融合在一起。

一種二元論影響了但丁和他那個時代。一方面，但丁對世間的事物比其他任何人都看得更清楚。他的感官對世界大大敞開，迅速而且敏銳。一種對生活的極端飢渴折磨著他。他絕對不是個影子，不管他走到哪裡，都能「打動他所碰觸之物」。他逃到虛構的故事裡是為了找到一個立足點，從那裡來好好觀察塵世這齣戲劇。在跨越今世的邊界時，他沒有忘記自己所擁有的塵世欲望，透過他犀利的詩句，我們聽見來自非洲的熱風在呼嘯。但丁的《神曲》主要是由回憶錄構成。

不過，與這種塵世的熱情相違，哥德式的風格也在但丁身上大肆彰顯，表現於酗酒和逃離世界的傾向。我們在這位詩人身上還發現到一絲理性主義，這在之後的文藝復興時期以及整個近代逐漸居於統治地位，而我們的時代總算準備要超越這個想用概念取代生活的理性主義。但丁的時代很熟悉各式各樣的幻覺，那是尋找聖杯的時代，在十字軍東征的幻想中筋疲力竭的時代。十字軍的幻想不健康而違反自然，從著名的兒童十字軍即可看出。那個時代的人活在亞瑟王和巫師梅林的影響之下。

敬愛的女士，我的意思是我們必須創造出一種新的健康形態。但只要身體不被允許跟心靈居於平等的地位，就不可能達到這一點。在心靈裡的生活，再容易不過，因為那是想像的。尼采曾說要「做」什麼很容易，要「是」什麼很難。身體是對心靈的一種要求，它要實現自己，而且不僅於此：身體才是心靈的現實。

10．Francesca 係但丁《神曲．地獄篇》中提及之歷史人物，她的婚姻是一樁政治婚姻，後來她與小叔一起閱讀《朗賽羅》的戀愛故事而與小叔墜入情網，遭丈夫所殺。

敬愛的女士，少了妳的手勢，我就無從得知妳心靈美好的神祕。

當世人斷然把身體和心靈區分開來，便是以不良的方式對概念抽象化，彷彿兩者可以分開來思考似的。身體跟礦物不一樣，它不只是物質，而是血肉，而血肉既能感受也能表達。一隻手、一張臉頰、一片嘴脣總是在「述說」著什麼，是原始的手勢，是心靈的外殼，是我們稱之為心理的內在力量的表現。敬愛的女士，身體是神聖的，因為它肩負至高無上的使命：亦即它象徵著心靈。

為什麼要鄙視塵世？就連苦行者伯多祿達彌盎（Pedro Damian）在天堂裡也沒有忘記齋戒油，好讓他贏得天國：

我為了服侍上帝而加強體力，
在只食用橄欖油之時，
輕鬆度過寒霜與炙熱，
在平靜的思緒中心滿意足。

何況在彼世，那些靈魂不是拚命朝但丁簇擁而來，有如昆蟲圍繞著燈光一樣，只為了至少能從他的嘴中啜飲到一滴生命？只為了得知一點來自塵世的消息？……

敬愛的女士，但願這不是妳最後一次帶領我們領悟崇高的事物。敬愛的女士，請繼續贈予我們妳的聲音。這個時代感受到普遍的死亡徵兆，整個世界都奄奄一息，浸浴在秋天臨終掙扎的色彩中。太陽即將沉落，已經觸及墳墓冷綠的邊緣，而最後一道微光還閃爍著……

太陽西下，黑夜將至：
不要停住，不，加快腳步，
趁著西方的天色尚未變暗。

觀桑提拉納公爵夫人之肖像有感

女性外表看來戲劇化，卻壓抑真實的內心；
男性則是內心戲劇化。
女性上劇院，
男性則帶著劇院走，
他是自己人生的劇團經理。

畫家因格勒斯（Jorge Inglés）於十五世紀中期為桑提拉納公爵夫人（Marqués de Santillana）所繪之肖像呈現出值得玩味的矛盾。乍看之下，這幅畫像個寧靜的地方，隱約瀰漫著焚香的氣味。可是在畫前停留得久一點，就會發現畫中萌發的不安，感覺到一絲屬於塵世的風從小教堂的拱形窗戶和門吹進來，以溫柔的熱情圍繞著這位女士纖細的頭部。

就連畫中所使用的技巧也猶豫不決，兩種繪畫風格在藝術家手中交戰，勝負未決。北方的法蘭德斯畫派和南方的義大利畫派你來我往地在這幅畫的每一個角落交手，宛如荷馬史詩中交戰的赫克特（Hektor）和狄奧莫德斯（Diomedes）。畫筆運用方式的搖擺不定只是一種徵兆，預示著一場更嚴肅的爭鬥，從畫家的用意到所畫人物的本質，整件作品都被捲入其中。在這幅畫上，哥德式風格與文藝復興近身搏鬥，前者代表著中古時期和禁慾，後者意味著一個新時代的開始，意味著塵世之勝過來世。

畫中女士的姿勢在中古時期的繪畫中很常見：她在祈禱。然而……讓我們看得仔細一點！這雙手想要抓住天空。是什麼攔住了這雙手？為什麼這雙手在半空中顫抖，有如迷途鴿子的雙翼？我們無法得知。人類的手勢本質上就極為模稜兩可，當這位女士舉起交疊的雙手，我們無法確定她是沉浸於禱告之中，還是將要投身大海。同一個手勢可以伴隨兩種截然對立的行為。桑提拉納公爵夫人舉起雙手做出祈禱的姿勢，但她沒有忘記在每一根手指的指節戴上華麗的戒指，那是些細細的指環，分別鑲著紅寶石、石榴石、紫水晶和藍寶石。

從公爵夫人的華服，從那細膩的褶襉中流洩出愛情宮廷的芬芳。她的丈夫是個受人喜愛的詩人，屬於文藝復興時期西班牙最生氣蓬勃的人物，就跟但丁和佩托拉克一樣，繼承了普羅旺斯宮廷抒情詩的傳統。也許正因為如此，這位女士的身影讓我們想起普羅旺斯的城堡，在十二世紀時，在那些城堡裡，以騎士禮節之名，對人類最美好本能的崇拜悄悄進入了篤信宗教的社會。

這種溫柔的張力在畫中凝聚於公爵夫人可愛的頭部，她的頭部具有獨特的表現力，勝過那副不自然的頭飾，掩蓋了畫家的不足之處。那張小臉多麼嫵媚，像草地上的一朵花在風中搖曳，儘管畫家資質中等的手在那張臉上畫了一雙不夠逼真的眼睛。她的臉部輪廓缺少一般所公認的勻稱之美，但表現出細緻、高貴的線條，足以與心智相稱。

在一些女子的臉孔中流露出整個生活規範，可作為我們的行為準則和判斷標準。當歌德厭倦了德國的遲鈍，前往義大利旅行，去尋找一種更令人滿意的生活方式，他正在寫他的《伊菲格尼亞》（*Iphigenie auf Tauris*）。在行經波隆納時，他在拉斐爾所繪的一幅「聖女亞加大」之前駐足。歌德在日記中寫道：「藝術家賦予她一種健康而沉穩的處女氣質，但並不冷淡，也不粗糙。我把這個形象牢牢記住，我將在心中把我的《伊菲格尼亞》朗誦給她聽，我將不會讓我的女主角說出這個聖女不會說出的話。」在歌德身上，文學作品與他的個人生活密不可分，凡事不容易滿足的大文豪的一番話意味著他在拉斐爾的畫作前檢視自己心靈的輪廓，按照閃耀在那張少女臉孔中的形象來形塑自己的心靈。

對因格勒斯的這幅作品我們無法有這麼高的期待，但一種可能的、更高的存在於此畫中萌芽。如果加以發展，它能教導我們一些事，而我們就住在瓜達拉馬山（Guadarrama）斜坡上，這也是桑提拉納公爵夫人當年所住的地方。一陣貴族生命力的風正從這位嬌小的女士身上吹過，搖撼著她。

當然，我並不懷疑這位女士祈禱的虔誠，但是當我試著去瞭解她頭部與雙手的姿勢，眼前不由得浮現鹿的姿態，牠從樹林的暗影中聽見遠方打獵的第一聲號角響起，響徹整座樹林。一聲狂熱的呼喚——誰也不知道呼聲從何而來——擊中了公爵夫人的心。她跪在這裡的模樣不是好像正將迎向一份熱烈的情感嗎？已經聽見夢中那名騎士的馬蹄聲以及本能之犬的吠叫。一種謎樣的逃離衝動在這位女士的心中甦醒，眼看她就要投身永恆的追獵場景。在追獵中，野生動物的任務是逃離，讓獵人和獵犬捲入追捕的漩渦中。因此，女性藉由恐懼與逃離的姿態助長了熱情的激發……

這幅畫是如此女性化，乃至於乍看之下騙過了我們。匆匆一瞥，它讓人想起一個寂靜、與世隔絕的地方，洋溢著祈禱的安詳。在祈禱用的矮凳上，如同在一艘神祕的小舟上，一顆心漂向一個女子虔誠的沉思。

最為女性化的表現莫過於提供兩種截然不同的樣貌：一種是展示給匆匆經過的人，另一種則是給凝神細看的人。若想認識一個女子，必須留在她身邊，跟她「調情」。要瞭解女人沒有別的辦法，就跟研究電氣必須做實驗一樣。調情始於駐足停留，藉由停留，匆匆經過之人開始問問題，展開一段私下的交談。當費迪南・拉薩爾[1]打算結婚時，他謔仿黑格爾的用語寫信告訴朋友：「我打算把自己在一個女子身邊個體化。」的確，女性只會對那個「在她身邊個體化」的男子顯露出她的第二張臉，她真實而獨特的臉，當那名男子不再只是個男子，不再只是過客，不再是張三李四。

在這件事上，就跟所有的事情一樣，女性的心理和男性的正好對立。男性的心靈主要是活在與集體工作有關的事物上，例如科學、藝術、政治、商業。這使得男人成了有點戲劇化的生物，把身上最好、最獨特、最個人化的部分呈獻給無名的大眾。群眾閱讀他們所寫的文章，讚美他們的詩句，在選舉中投票給他們，或是購買他們的商品。作家是這種犧牲奉獻中最極端的形式，因為他跟無名的讀者要比跟他最親近的朋友還要親近。男人靠著觀眾而活，因此也就為了觀眾而活，被命運逼向那種屈從的奴性。

相反的，女性的生命有種尊貴的態度。她的幸福不依靠世人的讚許，她不讓生命中最重要的事物屈服於世人的贊同或排斥。正好相反，她採取的態度比較接近觀眾的態度。當她接受或拒絕追求她的男子，當她在許多男子之中對其中一個另眼相看，挑選了他，讓獲得她青睞的男子覺得這就像一件獎品。

和男性相比，每個女人都有點像個公主，她活出自己，為自己而活。她只以一種非個人的傳統面具面對觀眾，就算這面具被塑造成不同的模樣。她在一切事物上追隨時尚，喜歡使用俗話和接收而來的看法。她喜歡飾品、首飾和化妝，或許有人會藉此來反駁我的看法，但依我之見，這不但沒有推翻我的說法，反而證實了它。女性的虛榮要比男性的虛榮明顯，正是因為她注重表面的事物：她在生活的這個表層生活、死亡，但是通常不會損及女性的真實內在。證據在於，我們固然難以想像少了這一切虛榮的女性，但這種虛榮並無法讓我們推斷出她真實的性格。要從外表推斷男性的真實性格卻是可能的。男性的虛榮比較不那麼顯而易見，卻比較深。假如才華或是政治影響力就跟美麗一樣顯現在臉上，那麼跟大多數男子的相處會變得令人難以忍受。幸好這些優點並非由靜止的特質，而是由行

1・Ferdinand Lassalle（1825-1864），德國社會主義者，工人政黨領袖。

動與決定所構成，它們需要時間和力量來執行，且必須要予以完成，而不是用來展示的。

男性和女性與周遭環境的關係差異如此之大，乃至於他們表現出相反的姿態。女性越是挖空心思地在眾人面前呈現自己，她在自己真實性格四周築起的牆就越高。她越是努力把自己包圍起來，那些自覺無法得到她青睞的男子數目就越多，他們知道自己只有遠遠旁觀的份。女性把那些奢華和典雅、精美的服裝與房屋放在自己跟其他人之間，在某種程度上是為了掩蓋她內在的本質，使其變得更神祕，更遙遠，更無法觸及。相反的，男性把自己身上最珍視的部分呈現給大眾，亦即他內心深處最大的驕傲、他認真投入的所有工作、他一切的努力。女性外表看來戲劇化，卻壓抑真實的內心；男性則是內心戲劇化。女性上劇院，男性則帶著劇院走，他是自己人生的劇團經理。

我認為在一般的兩性心理學中不夠強調此一極端差異。它與兩種相對的本能有關：在男性身上有一種展示的本能。他必須在所有人眼中呈現原本的自我，否則他就覺得自己彷彿並不是自己。因此他有坦白的衝動，想要證明他最深處的本質。男性傾向於把自己的內在表達出來，彷彿唯有在表達出來時他的內在才有了完全的真實性。這種傾向有時候會變質，滿足於把事物說出來就好，哪怕是根本不存在的。許多男人除了他們所說的話之外別無內心生活，而他們的感覺只存在於言語之中。

相反的，女性有一種隱藏自己、遮蔽自己的本能。她的心靈彷彿背對著世界，隱藏了內心的情緒騷動。害羞的表情（參考達爾文和皮德里特[2]）只是這種心靈貞潔的象徵形式。嚴格說來，女性並非要保護她的身體不受男性目光的侵擾，而是要保護她的想像和感受，關於男性對她身體所懷有的企圖。女性比較容易羞澀，羞澀的程度也比較強烈，都是出於同樣的原因。羞澀之人害怕自己的想法和感覺被發現，一個人越是想將內心生活的某樣東西保密，就越顯得羞澀。因此，說謊之人才會那樣羞怯不安，彷彿害怕別人的眼睛會看穿他的謊言，揭穿他所隱瞞的真實用心。女性活在持續的羞澀之中，因為她總是在隱瞞自己。十五歲

2・Theodor Piderit（1826-1912），德國作家，以有關面相學的著作知名。

的少女擁有的祕密通常比老人更多，而三十歲的女人比國家元首守護著更危險的機密。

擁有一種屬於自己、與世隔絕、祕而不宣的生活，統治著一個內心的國度，不讓任何人進入，這就是女性勝過男性之處。女性天生的「高雅」即源於此，那種無法觸及的細緻羽毛，維持著她與別人之間的距離。因為如同尼采所說，「高雅」主要是人與人之間「一種距離的激情」。因此，女性彼此的友誼不如男性的那麼親密。她們很清楚自己不能告知對方的生活從哪裡開始，而對方無法告知自己的生活又在哪裡結束。

也就是說，女性真實的生命被遮蔽著，在看不見的情況下進行，藉由表面上的女性特質來保護，不讓眾人瞧見，女性勤於築起這種表面的女性特質，以便拿來當成面具和盔甲使用。我認為凡是完全個體化的生命必須從自身分離出一種虛構的性格，像一層皮膚一樣，阻擋並引開較卑劣之人具有敵意的好奇，以便在這層保護背後自由地做自己。可是在男性身上，只有少數例外情形下才會發生，在女性身上這卻是根本的特質。

男性往往會忘記女性心靈這種根本上的封閉特質，因此在跟女性相處時一再感到驚奇。初次看見一個女子時，他覺得這個溫柔、纖巧、輕盈的人兒，這個全然矜持、隨時準備逃開的人兒不可能會有激情。如果神聖意味著在生活上飄過，且沒有被生活刻上印記，那麼每個女人都像個聖女。然而事實正好相反，這個幾乎不屬於塵世的人兒只等待機會投身激情的漩渦，如此狂熱、堅決和勇敢，不在乎所有難堪的後果，乃至於最有決心的男子也瞠乎其後，不得不慚愧地發現自己是個斤斤計較且功利的人，精於算計又優柔寡斷。

不過，要讓女性深刻而個人化的一面顯現出來，那個男子必須從眾多男人之中脫穎而出，不管是基於什麼原因，他要成為凸顯在她面前的個體。妓女令人憎厭之處在於她違反了女性的天性，而把她的祕密本質在無名的眾多男子面前呈現出來，那原本只會向被揀選之男子揭露。這是對女性特質的否認，程度之深，使得心思敏感的男性對妓女有一種本能的反感，彷彿她們儘管有著女性的形體，裡面卻住著一個男性的心靈。相反的，像唐璜這種「典型」懂得女人的男人，特別受到最貞潔的女子吸引，那種遠離塵世的女子，在女性形態學中與妓女正好完全相反，所以唐璜喜歡修女。

藉由「調情」，男子從觀眾和路人甲的角色轉而和女子建立屬於個人的關係。調情始於一種邀請，讓彼此「到旁邊去」，進行祕密的心靈溝通。因此，其關鍵在於一個手勢，或是一句話，能掀開女性的傳統面具和佯裝出來的性格，輕叩另外那扇較為隱密的性格之門。然後，如同從雲間露臉的太陽，她原本遮掩的本質會被照亮，在這個男子面前摘下她戴來展示給別人看的表情。女子心靈被揭露的這一瞬間，那個表面、有距離的女子轉化為真實、獨特的女子，這個過程就好比沖洗底片，為心靈帶來微妙的喜悅。庸俗的心理學認為唐璜的惡習在於粗糙的肉慾，但事實正好相反，歷史人物若具有適合形成唐璜性格的特質者，其與眾不同之處在於對性愛歡愉異常冷淡。唐璜陶醉於一次又一次地目睹女子這種迷人的轉變，當毛毛蟲為了一個男子蛻變成一隻蝴蝶，那美麗而莊嚴的一瞬。這一幕一旦結束，他又冷漠而輕蔑地噘起嘴，轉向另一位新的姑娘，哪怕那隻蝴蝶被陽光灼傷了剛長出來的翅膀。

因格勒斯在這幅畫中捕捉到桑提拉納公爵夫人的輪廓，讓我有了這些感想。

觀桑提拉納公爵夫人之肖像有感

因格勒斯：桑提拉納公爵夫人之肖像

因為第一眼望去，看見的是一位專心祈禱的女士，沉浸在寧靜、遠離塵世的虔誠氣氛中，有如天使一般。可是如果看得更近一點，那隻永遠陶醉於愛中的飛蛾就從畫中在我們眼前翩翩飛起。

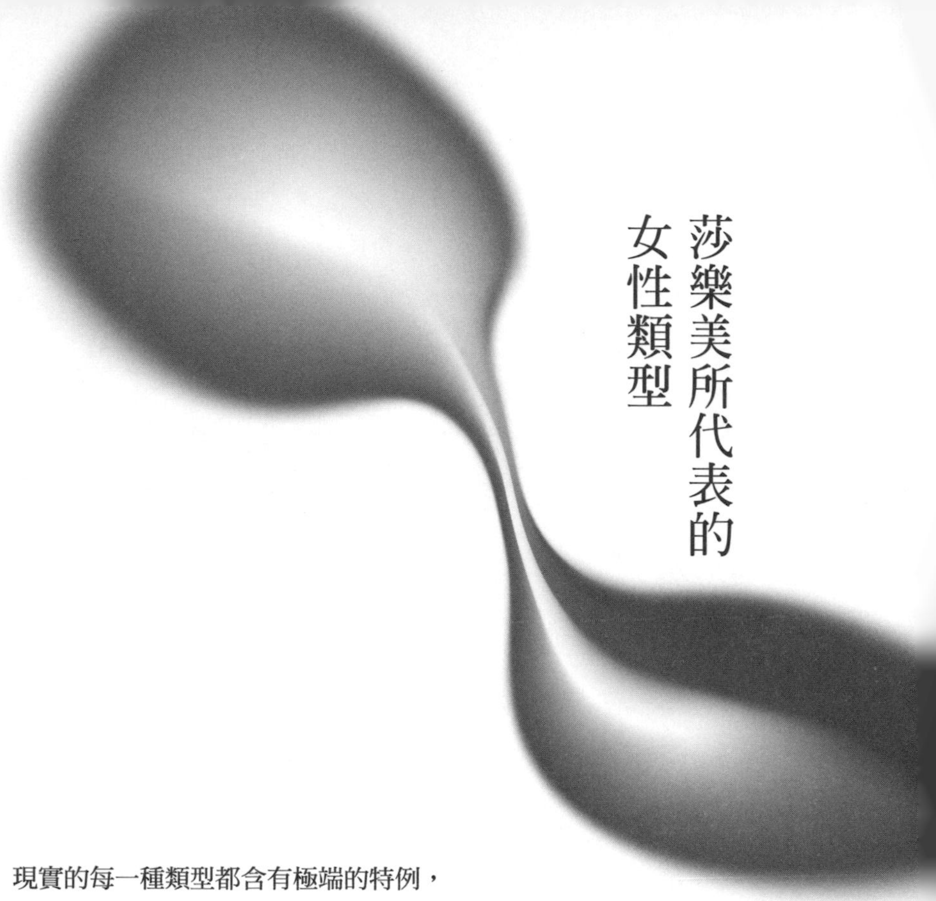

莎樂美所代表的女性類型

現實的每一種類型都含有極端的特例，
在這些特例中，此一類型似乎以一種奇怪的方式推翻了自己，
成為自己的反面。
這是一種邊界現象，
彷彿同時歸屬於兩個相鄰的領域……

在女性的形態學中，最值得注意的人物也許莫過於猶滴和莎樂美（Salome）。她們都帶著兩顆腦袋：一顆是她們自己的，另一顆是被她們砍下來的。

現實的每一種類型都含有極端的特例，在這些特例中，此一類型似乎以一種奇怪的方式推翻了自己，成為自己的反面。這是一種邊界現象，彷彿同時歸屬於兩個相鄰的領域，一如有些動物近似於植物，而有些化學物質幾乎是有生命的原生質，就跟一切位於邊界的極端情況一樣，具有模稜兩可的性質。因此，很難說身體表面結束之處是屬於身體還是屬於包圍著它的空間。

如果認真思考，不要流於軼事傳聞和隨興的案例收集，就會發現女性的本質在一件事實中彰顯出來，亦即她認為自己的命運在獻身給另一個人時得到完全的實現。女性所做的其他一切，她所有的本質都具有一種附帶、衍生而出的性質。男性的原始本能則驅使他去占有另一個人，和女性的本質正好相反。因此，在男女之間存在著一種預先建立的和諧：女性的生活是獻身，男性的生活則是征服，這兩種命運正好相反而相成。

當男性與女性的原始本能中出現了偏離與交錯，衝突就會產生。因為真實的男人和女人不見得總是完全而純粹地體現其性別。我們把人類劃分為男性和女性，這顯然不夠精確，現實在這兩極之間還有無數個中間地帶。生物學證明身體的性別在胚胎時期尚懸而未決，胚胎細胞有可能經歷性別的轉換。每一個人都呈現出一種特別的組合，兩種性別都在其中，「完全」的男人或是「完全」的女人根本很少出現。而在心靈的領域，這種現象要比在身體的領域更為明顯。男性與女性的原則，中國哲人所說的陰與陽，似乎在一點一滴地爭奪心靈，在心靈中占據種種不同的比例，成為種種不同的男性與女性類型。

因此，猶滴和莎樂美是最令人吃驚的兩種變異體，因為她們是最荒謬矛盾的女性類型：猛獸型的女性。

談這兩個人物必須要有足夠的篇幅才說得清楚，現在我必須把範圍縮小，先針對莎樂美這種類型的女性做個簡短的描述。

像莎樂美這樣的女子只會生長在社會的頂層。她是巴勒斯坦一個被寵壞的公主，閒散無事，放在今天，她可能是銀行家或石油大王的女兒。重要的是她成長於一個有無限權力的環境中，乃至於在她的心裡，那條區分現實與想像的界線並不存在。她所有的願望都能實現，而她不想要的東西就從她身邊被移除。莎樂美傳奇中最根本的特徵就在於她想要什麼都能得到，此一特徵是解開她心靈運作方式的鑰匙。由於對她來說，要求就等於實現，平常人為了實現願望所需要的所有能力在她的心靈中都萎縮了。她全部的能量湧入想像的渦輪，讓她心中充滿渴望，充滿夢境與神話般的人物。單單這一點就已經扭曲了女性的特質，因為女性通常不像男性那麼具有想像力，因此比較容易適應現實中遭受的命運。男性願望的目標多半是他想像力的產物，在現實之中尚未存在；相反的，女性願望的目標則是她在現實中發現的東西。因此，在愛情的領域，男性往往跟法國作家夏多布里昂一樣，預先想像出一個假想的愛情對象，一個不真實的女性形象，向她獻上他的熱情。對女性來說，這種情況極為罕見，而且這並非偶然，因為缺少想像力是女性心靈的特質。

莎樂美就跟男人一樣充滿想像力，由於她的夢想是她生活中最真實、最重要的一部分，她的女性特質就被扭曲成男性化。再加上傳說中特別強調她仍是處子之身，過度注重身體上的處子狀態，過於想要延長此一狀態，往往會讓女性呈現出男性的特質。馬拉美[1]認為莎樂美冷感，他的看法沒有錯。跳舞的莎樂美肌肉結實而有彈性，有如雜技演員般靈活，身上的金銀珠寶閃閃發光，給人「完好無損的爬蟲動物」的印象。

假如沒有獻身給另一個人的欲望，莎樂美就不是個女人，但是身為充滿想像力又冷感的女人，她獻身於一個魅影，一個她自己創造出來的夢中影像。於是她的整個女性特質在想像中消失。

然而，由於她的愛情妄想，莎樂美終須面對想像與現實的差別。她大權在握的父王無法創造出一個男子，能符合莎樂美大膽的小腦袋中的想像。這個情況一再重演，凡是像莎樂美這樣的女子在富裕之中都過著悶悶不樂的生活，基本上充滿憤恨。她缺少堅實的地面來維繫她的想像世界，她用夢中形象不真實的輪廓來檢視那些從她身邊經過的男人，就像替洋娃娃試穿衣裳。

終於有一天，莎樂美認為她找到了心中理想男子在人間的化身。別問她何以

1．Stéphane Mallarme（1842-1898），法國詩人與文學批評家，法國象徵主義之代表人物。

這麼認為！也許那只是一種替代物，她心中的理想形象跟這個人稱「施洗約翰」有血有肉的男子，兩者之間相符之處其實少之又少。施洗約翰跟她的夢想相同之處只在於他跟別的男人不一樣。像莎樂美這樣的女子總是在尋找一個完全與眾不同的男子，乃至於這個男子幾乎屬於另一種未知的性別。這是女性特質被扭曲的另一個徵兆。施洗約翰是個不修邊幅的瘋狂小伙子，在沙漠裡大聲喊叫，宣揚一種以水醫療的宗教。莎樂美的運氣不會比這更糟了。施洗約翰是個文人，是個宗教人，跟吸引女人的唐璜正好相反。

就像一種會產生爆炸的化學反應，這個悲劇不可避免地發展下去。

莎樂美愛著她的夢中幻影，她獻身給這個幻影，而非施洗約翰。對她而言，施洗約翰只是個工具，賦予她的夢中幻影一具形體。對於這個不修邊幅的男子，莎樂美感覺到的不是愛情，而是種被他所愛的渴望。她具有的男性特質不可避免地導致她在愛情關係中的行為像個男人，因為男性所感受到的愛情主要是種被愛的強烈欲望，而女性則先是感覺到自己的愛，那股從她自身冒出來朝著所愛之人流去的暖流，把她推向所愛的男子。被愛的欲望在女性的感受中是一種結果，居於次要地位。別忘了，一般女性跟撲向獵物的猛獸正好相反，她是把自己投向那頭猛獸的獵物。

莎樂美並不愛施洗約翰，卻需要他的愛，必須占有他的人。為了滿足這種屬於男性的渴望，她展開了男性常用的狂暴行徑，強行把自己的意志加諸周遭環境。這就是為什麼其他女子手裡拿著百合花，莎樂美有如大理石般的修長手指卻提著一個砍下來的腦袋。這是她珍貴的獵物。踩著有韻律的步伐，擺動著身體，一張希伯來人的黝黑面容，莎樂美就這樣在傳說中走過，她僵硬的頭上兩眼呆滯，她的心靈就跟一隻老鷹一樣掠奪成性……

不過，公主莎樂美和知識分子施洗約翰之間悲劇性的調情故事太過冗長，也太過錯綜複雜，我只能說到這裡。

畫框隨想

如果我看著這面灰色的牆，我等於是被迫面對生活實際的一面；
如果我看著那幅畫，我就進入一個想像的王國。
牆和畫是兩個相反的世界，彼此之間沒有關連。
心智從現實躍入非現實，宛如從清醒躍入夢境。

尋找一個題目

我坐在其中寫作的這個房間只有寥寥幾樣東西，但包含了兩張大照片和一小幅畫，在我疲倦、生病或被迫休息的時候格外吸引我的目光。那兩張照片掛在相對的兩面牆上彼此對望，一張是馬德里的普拉多（Prado）美術館所收藏的〈蒙娜麗莎〉[1]，另一張則是肖像畫〈把手放在胸前的男子〉，由移居至古都托勒多（Toledo）的希臘畫家艾爾・葛雷柯[2]所畫。畫中無名男子的臉流露出突發的熱情，想藉由手的重量來壓抑住一顆長期過度興奮的心，同時用激動的雙眼打量著這個世界。有皺摺的白色衣領發出乳白色的光芒，尖尖的鬍子似乎在顫動，金色的劍把在黑色的衣服上閃爍，就在心臟下方，像跳動的脈搏。我一向認為這個人物符合唐璜的形象，只不過，是我心目中的唐璜，跟一般人所認為的唐璜稍有出入。另一方面，「蒙娜麗莎」修過的眉毛、富有彈性的肌理、那既在引誘又在逃避的曖昧微笑，對我來說是極端女性特質的象徵。一如唐璜在女性面前意味著純粹的男人——不是父親，不是丈夫，不是兄弟，也不是兒子，蒙娜麗莎則是純粹的女人，維持著她無敵的魅力。母親、妻子、姊妹和女兒是女性特質的呈現，是女性不再是女人或還不是女人的時候所呈現出的形式。大多數的女性一生中幾乎不曾有過純粹只是女人的時刻，而男人也只在某些時刻是唐璜。如果我們把這些時刻延長，拉長到整個人生，就會得出唐璜這種類型的男人，或是「女唐璜」，也就是蒙娜麗莎所屬的類型。因此，這兩幅面對面掛在牆上的肖像可以互相匹配。讓征服了所有女性的唐璜體會至高無上的經驗，把他置於女唐璜的影響之下，這個實驗會是多麼誘人！會發生什麼事呢？實驗就在這個房間裡進行。在黃昏時分，當最後一抹日光於房間一角與入侵的黑暗相對抗，兩幅畫之間便產生了一種窸窣作響的能量交換。我不只一次以此為樂，豎耳傾聽兩幅畫之間無聲的對話、攻擊和防衛，他們隔著房間的寬度向對方噴發情緒的火箭，有如放煙火一般。

1・此係達文西弟子仿作之〈蒙娜麗莎〉，不同於羅浮宮收藏的那一幅。

2・El Greco（1541-1614）西班牙文藝復興時期畫家、雕塑家與建築師，原本是希臘人，後移居西班牙托勒多，終老於該地。El Greco 是西班牙人對他的暱稱，意思就是「希臘人」。

我剛好要在一張紙上書寫，是否能以此為主題來填滿它呢？也許可以，不過有個反對意見冒了出來。這個關於愛情與痛苦的沉重主題不是一張紙能容納的，要幾十張才夠，而我今天的心情只想寫一張。

讓我來找個比較簡單的題目吧！例如掛在〈把手放在胸前的男子〉左邊的那幅小畫。這是雷戈約斯[3]的一幅風景畫，他是所有畫家中最樸素的一位，是森林與原野的安基利軻修士[4]（Fra Angelico），安基利軻的作品看起來彷彿畫家是跪著替每一顆甘藍菜畫肖像似的。畫上是畢達索爾河（Bidasoa）的一角，一片寧靜的土地長滿綠草，背景是法國隱隱約約的鉛灰色群山，上方是輕飄飄的雲朵。一條蜿蜒的河流，一個閃閃發亮的村莊，在落日餘暉中閃著金光，還有一座再普通不過的橋樑，一列小火車從橋上匆匆駛過，是這片平和的寧靜中唯一匆忙之物。火車頭的煙飄散在空中，那煙才要消失，就又從自己之中再冒出來，直到無盡。這煙消失又重生的韻律賦予這幅畫一種類似生命的脈動，把它留在不朽的當下。

難道我不能將這幅小畫所引發的感想寫在一張紙上嗎？可惜不能。針對這幅小畫我輕輕鬆鬆就能寫滿好幾張紙，但只寫一張是辦不到的。讀者無法體會一個只想寫單單一頁的人的困境。世上的事物太過奇妙，針對再微小的事物也有太多話可說。如果任意截斷一個主題的四肢，只把殘留的驅幹呈現給讀者，那未免太難看了。

所以，讓我來找一個比樸素畫家的樸素畫作還要樸素的題目吧，例如那幅畫的鍍金畫框。不過，就算我把題目限制在畫框上，顯然還是只能點到為止。

畫框、衣服和首飾

畫作活在被畫框圍起來之處。畫框與畫之間的連結並非偶然，兩者缺一不可。一幅沒有畫框的畫看起來就像一個人遭到搶劫被剝光了衣服，畫的內容從畫布的四方流洩出去，在空氣中蒸發。反過來說，畫框也需要一幅畫來填滿，這種需求是如此強烈，乃至於一個無畫的畫框往往把我們透過畫框所看見的一切都轉

3 • Darío de Regoyos（1857-1913），西班牙畫家，被視為西班牙印象主義的代表人物。
4 • Fra Angelico（1395-1455），義大利文藝復興早期的畫家。

化成一幅畫。

因此，畫與畫框之間的關係是本質上的，不是偶然的。兩者的關係屬於生理的需要：一如神經系統能促進血液循環，而血液循環也能促進神經系統；一如身體努力要結束於腦袋，而腦袋則努力想附著在身體之上。

說到畫框與畫的共生，首先會拿衣服與身體的共生來相比，但這兩種關係並不相同。畫框並非畫作的衣服，因為衣服遮蓋了身體，而畫框則把畫作呈現出來。當然，衣服也常會讓部分的身體露出來，可是那總是讓我們覺得那件衣服有點輕率，似乎沒有善盡職責，幾乎是種過失。至少，被覆蓋的與未覆蓋的身體表面之間維持一定的比例，如果未覆蓋的部分大過所覆蓋的部分，那麼這就不再是件衣服，而成了裝飾品。因此，裸體的原始部族身上的腰帶具有裝飾性質，而不是服裝。

但是畫框也並非裝飾。人類最早的藝術行為就是裝飾，而且主要是裝飾自己的身體。在裝飾品這種最早誕生的藝術中，可發現所有其他藝術的萌芽。而這種最早的藝術品單純由兩種自然物品結合而成，且是大自然中未被結合的。例如人類把一根鳥羽插在頭上，把野生動物的一排牙齒掛在胸前，或是把一條由閃亮石頭串成的手環綁在手腕上。這是多樣而美妙的藝術語言最初牙牙學語時吐出的幾個字。

印第安人之所以把色彩鮮豔的羽毛插在頭上，是出於哪一種神祕的本能？毫無疑問，是想要吸引他人的注意力，在其他人面前強調自己的獨特與優越。生物學證明了凸顯自己與統治別人的天性要比自保的天性更原始。

那個聰明的印第安人心中隱隱覺得自己要比其他人更有價值，更像個男子漢。當他把羽毛裝飾戴在頭上，就替他心中的自信找到表達的方式。這些彩色的羽毛並非供別人欣賞之用，而是具有宛如避雷針的作用，要把其他人的目光引到自己身上，然後讓那些目光擊中這個佩戴羽毛的人。羽毛就像一個重音符號，而重音符號所強調的並非本身，而是在符號下方的那個字母。

凡是裝飾品都保有原始部族額頭上那個斜斜驚嘆號的意義。這裝飾品吸引了目光，卻是為了將那目光轉移到被裝飾者身上。然而，畫框並不會把目光吸引到自己身上。證據很簡單：請各位回想自己最熟悉的畫作，你們很快會發現自己想不起那些畫框的樣子。只有在木匠的工作坊裡我們才會「看見」畫框，也就是當畫框卸下其功能的時候。

藝術之島

畫框本身並不會吸引目光，而是收集目光，同時把目光導向畫作。不過，這並不是畫框最主要的任務。

掛著雷戈約斯那幅畫的牆壁不到六公尺長，畫作只占了其中一小部分，儘管如此，卻向我呈現出一片可觀的畢達索爾河風光：一條河、一座橋、一條鐵道、一座村莊和一大塊起伏的山脊。那麼一丁點的面積上怎麼能夠有這麼多東西？很顯然，因為它是種不存在的存在。在描繪的風景前面我不能表現出像在一片真實風景之前相同的行為。那座橋事實上並不是橋，那股煙霧並不是煙霧，那些原野也不是耕作過的田畝。畫中的一切都只是描摹，都只是一種虛擬的存在。那幅畫就跟詩歌、音樂和任何一種藝術品一樣，是一扇通往非現實的門，它透過魔法在我們的現實世界中開啟。

如果我看著這面灰色的牆，我等於是被迫面對生活實際的一面；如果我看著那幅畫，我就進入一個想像的王國，採取純粹靜觀的態度。也就是說，牆和畫是兩個相反的世界，彼此之間沒有關連。心智從現實躍入非現實，宛如從清醒躍入夢境。

藝術作品是一座想像的島嶼，被現實的海洋所包圍。要形成這樣一座島嶼，就必須把審美的對象跟生活的介質隔絕開來。我們無法從腳下的土地一步步走向描繪在畫布上的土地。更有甚者，日常用品與藝術品之間的界線若不明確，會阻礙我們的審美享受。一幅畫若是沒有畫框，畫跟周圍那些非屬藝術的實用物品之間就沒有清楚的界線，畫也就失去其誘惑力。真實的牆壁必須驟然結束，我們必須驟然置身於藝術品想像的領域中。一種隔開真實與想像的隔絕物有其必要，而畫框就是這個隔絕物。

要把兩件東西彼此隔絕開來，需要既非彼也非此的第三件東西，一個中立的物體。畫框不是牆壁，只是我身邊一件實用的東西；但畫框也不是那幅畫具有魔力的表面。和兩個區域相鄰，畫框的作用是把一小片牆面中立化，發揮有如跳板的功能，把我們的注意力加速轉移到那座美學島嶼上。

畫框有點像窗戶，一如窗戶很像畫框。畫了圖的畫布是進入想像世界的洞口，穿透圍牆沉默的現實，看進非現實的世界，而我們就透過畫框這扇窗戶朝裡面望。另一方面，被一扇窗戶框住的風景或城市景觀彷彿從現實中被隔離出來，進入想像的世界。同樣的情形也發生在被拱門框住的遠方物體上。

金色畫框

我們賦予畫框的功能，其意義可由一件事實得到證實，亦即鍍金畫框幾百年來得到壓倒性的勝利，勝過所有其他畫框。如果想讓自己暫時不再面對現實，最好的辦法莫過於把一個跟自然物毫不相似的物體放到眼前，凡是自然物或多或少都會給我們帶來實際的問題。在每一種造型中，不管是多麼風格化的造型，都影射著引出該造型的真實物件。就連最單純的幾何圖案，像是波紋或是渦卷形裝飾，也保留著一種自然造型的回聲，如同千年前撈起的古老貝殼仍舊輕哼著大西洋的浪濤。只有無造型的東西才能完全免於對現實的影射。

金色畫框的盛行也許得歸功於鍍金漆特別適合產生光的反射。而反射是顏色，是光，不再帶有任何物體的形式，是純粹的顏色，沒有形式。跟一件金屬或玻璃物體的表面顏色不同，我們不把物體的光線反射歸諸於物體本身。反射既不屬於反射之物，也不屬於被反射之物，而屬於兩者之間，一種沒有物質形體的幽靈。基於這個原因，由於反射不是造型，也不屬於任何東西，我們無法釐清自己對於反射的印象，而它往往令我們眼花目眩。

就這樣，金色畫框以刺蝟皮一般的尖銳光線，在那幅畫與真實的周遭環境中嵌入了一條純粹由光澤構成的皮帶。金色畫框的反射如同憤怒的小小匕首，不停切斷我們不自覺地在非現實的畫作與現實世界之間牽連的線。就好像站在天堂門口手持火劍的天使一樣，那也是一種反射。

舞台框架

舞台框架像個括弧一樣敞開它巨大的深穴，準備好容納不同於觀眾席中真實物件的事物。因此，舞台的框架越樸素越好。以一個巨大而荒謬的手勢，舞台的框架意味著在舞台想像的空間上展開另一個非真實的世界，幻象的世界，而舞台框架就是進入這個世界的關口。我們不該允許這張打哈欠的大嘴在我們面前張開是為了向我們談論俗事，反芻觀眾心裡惦念的事情；唯有當它向我們吐出夢境的白霧和童話的藍煙，它才值得存在。

船難

本想只用一張紙來寫畫框，這個嘗試一如預期地失敗了。我得結束，卻才站在開端的開端。接下來應該談談如同女性臉孔之畫框的帽子和面紗，但沒辦法，我必須放棄。其實還有一個有趣的問題，為什麼在中國和日本，畫作通常並不加框。可是我如何能處理這個題目？它包含了遠東與西方文化、亞洲與歐洲心靈之間的對比。若想瞭解這點，就要先設法解釋清楚，為什麼中國人以南方來辨別方位，而不是跟我們一樣用北方；為什麼中國人服喪時穿白衣，而我們穿黑衣；為什麼中國人蓋房子時先從屋頂開始，而不是從地基；這就像為什麼中國人說「不」的時候，我們卻往往會說「是」一樣。

高爾夫球場上之對話

——談印度教中「法」之觀念

主教出售教諭，他做得對；
商人欺騙顧客，同樣地生意做得很好；
不道德只發生在商人買賣教諭而主教偷斤減兩的時候。

在這個陽光燦爛的二月下午，幾個朋友，有男有女，帶我離開了平常從事的活動，把我拐到高爾夫球場的草地上。我們將在戶外吃早餐，在陽光中，在橡樹下，可以遠眺藍濛濛的山脈。

這些好心的朋友擔心我的生活過得不怎麼健康。他們成天都在戶外鍛鍊身體，想到我關在房間裡，身邊瀰漫著雪茄煙霧，跟戶外風景之間的聯繫只限於書本的紙頁與樹木的葉片之間這層形而上的薄弱關連。我任由他們去說，享受隱居者被一群仙女和半人馬族突襲的懶散幸福[1]。我一向喜歡潛入不同的世界中，只要我確知自己能再從同一個洞口溜回原本的生活。於是當汽車輕快地搖晃，樹木和房舍以令人暈眩的速度向後飛掠，我已準備好享受在高爾夫球場用早餐的樂趣。我看見一個穿著毛衣的半人馬從灌木叢中冒出來，在他身後，一個棕髮的仙女任由短髮在風中飛揚，邊走邊把身上的緊身洋裝拉好。不遠處，雇來的小妖精漫步走過，拖著一個類似箭筒的東西，古老愛神象徵的最後餘緒，高爾夫球桿取代了愛神的箭置於筒中。風從山上吹來，樹林在風中簌簌作響，松脂從五葉松的樹幹溢出，整片風景都浸浴在松脂的香氣中。

毫無疑問，這地方被施了魔法，處於一種超塵拔俗的氛圍中，還保留一切最美好、最神奇之物的精華，融合了幾分樂園加上幾分奧林匹斯山的氣息。因為，上帝在上，一對在林間空地嬉戲的情侶讓人想起尚未偷吃禁果的亞當和夏娃——就在偷吃禁果之前不久。從視線中一閃而過的青春女子彷彿狩獵女神黛安娜，不知道在追捕哪一種珍禽異獸。她什麼也沒留下，只在我腦海中留下對她靈活腳踝的印象，那玉足一碰到地面，隨即躍起。這一切都懸在半空中，一個沒有摩擦的世界，在夢境與生活之間，而最難以想像之處就在於那股讓它飄浮在現實之上的魔力。英國大使館的一位隨員說得沒錯，當他倚仗著英國艦隊的勢力脫口而出：「把馬德里建在高爾夫球場附近其實是個好主意。」

在小木屋的露台上，餐桌已經擺好了。我坐在兩個尊貴的仙女中間，對面是一個半人馬，且是所有半人馬中最親切可愛的一位。我突然發覺自己明顯屬於另一個物種，沒有他們優雅，沒有他們討人喜歡，跟這片風景有點不相稱。這些男

1．在這篇文章中作者用希臘神話中的人物來比喻那群青春男女，男子為半人馬族，女子為仙女。

女由光和風所創造，沒有絲毫重量，生來是為了在地球上輕快跳躍，不介入黑暗的事務。陽光照在我左側那位仙女纖巧的小耳朵上，光線穿透，變得完全透明。太陽巨大的金盤得意洋洋地散發大束光芒，如此富饒，如此自信，把過剩的陽光傾洩而出，可見它是多麼深信自己乃是用之不竭。在陽光下，一切都染上金色，尤其是剛剛端上桌的蛋餅，金黃的顏色是那樣純粹，讓進食的胃口也變得貪婪。

「陽光真美。」一個仙女說，迷人地把手一揮，彷彿在展示一件古老的家傳首飾。

「您怎麼能夠不見陽光地生活呢？」另一個仙女問。

「敬愛的小姐，因為我其實並沒有在生活。」

「那您在做什麼呢？」

「我看著別人生活。」

「可是，我的朋友，這像在殉道。」兩個仙女當中比較多愁善感的那一個說，她披著金髮，髮色有如小提琴的弦，也跟琴弦一樣輕巧得容易顫動。

「的確，旁觀是一種殉道，因為殉道意味著見證。而我的確是證人，證明您活著，證明籠罩在陽光中的您此刻幾乎是個完美的神話。證明您大衣的豹皮衣領是真的，真到讓我懊惱自己沒有攜帶弓箭，因為男人對打獵永遠興致勃勃，就算他是個殉道者也一樣……

「我是證人，見證不止息的奇蹟，那奇蹟就是這個世界以及世上的生物。身為證人並不可悲，如果沒有人來見證其他事物的存在，那麼它們就如同不曾存在。您看，這裡所有的人，鄰桌的客人、在灑滿陽光的草地上來來去去打高爾夫球的人，他們全都忙著過自己的生活，沒人注意到您可愛的臉龐慢慢浸入從旁邊那根柱子爬過來的暗影中。邊緣的光線讓人幾乎辨識不出您暗下來的輪廓，您本是陽光之女，如同血統最純正的印加帝國公主，現在您落敗了，沒入暗影之中。宛如船難的殘骸，那飄逝的霧只向我們顯現三種色調，而三種其實只是一種，重複了三次：您頸上所戴珍珠的白，您牙齒的白，和您眼睛的白。一種白提高了另一種白的純淨，融合成一段甜蜜而多餘的旋律，儘管如此，無疑是在地球這一角所發生的事情當中最為崇高的。假如我被囚禁在自己的生活中，就不可能注意到。但是身為證人，我完成自己崇高的使命，就此拯救了可愛而易逝的現實。我們全都保留住您落入暗影之中這個無法磨滅的記憶。荷馬聲稱英雄的戰鬥與死亡只是為了讓詩人歌詠，而我要說，艾莉西亞您之所以存在要感謝我為您做的見證。順帶一提，這陽光下的葡萄酒美味極了。」

「我看出您是個殷勤的紳士和好辯的殉道者，也不缺少口才。我幾乎要後悔剛才為了您過著沒有陽光的生活而感到難過。」

「不開玩笑了。艾莉西亞，我得向您承認，直到昨天我也還不知道自己為什麼放棄陽光。從昨天開始，我放棄陽光是為了要習慣它的消失。」

「為什麼要習慣它的消失？」

「昨天我聽說了英國物理學家琴斯[2]剛發表的研究，他針對太陽系的起源提出了新的假說。根據這個假說，拉普拉斯[3]的理論是個錯誤，太陽系並非一團和平的雲霧，當它慢慢凝固，行星就從中脫離出來。琴斯認為每個太陽系都是在兩個含鐵的物體撞擊下形成的。撞擊後，它們從彼此身上扯出一種炙熱的纖維狀物質，形狀有點像個逗點，這個逗點開始自行在太空中滾動，隨即分裂，剩下的殘餘就是太陽和其行星。這樣的撞擊每二十億年就不可避免地會發生，換句話說，再過不了多久，地球就會撞上某處，而馬德里的高爾夫球場就會消失。到時將是一片漆黑，既然及時得到警告，我現在就開始習慣這件事。」

「還要過多久呢？」有人問。

「整整十億又兩百零三年。」

此時打高爾夫球的男男女女朝我們走過來，大家都依照奧林匹斯山諸神的特權，親暱地以「你」互相稱呼。他們談著即將展開的下午球局，看得出來，在高爾夫球場的魔法世界中，用一根桿子去擊一顆球是最重要的活動，足以證明生命存在的正當性。

就在這一刻，坐在我對面那位善良的仙女好心地向我提出非同小可的建議：「您應該成為俱樂部的會員，每天來打一場球。」

「不，我的朋友，我不能成為俱樂部的會員，每天來打高爾夫球。這種失足

2．James Hopwood Jeans（1877-1946），英國數學家、物理學家、天文學家與科普作家。
3．Pierre-Simon Laplace（1749-1827），法國數學家與天文學家。

會給我帶來千年的懲罰。」

「這話聽起來像是對我們的嚴厲指責。」那個模範半人馬說。

「一點也不是。如果你們不打球，那就跟我去打球一樣犯了同樣的罪過。在這兩種情況下，我們都違反了自己的『法』（dharma）。」

「好極了，『法』。」那個聰明絕頂的仙女說，隨即把紅寶石般的雙唇浸入杯中紅寶石般的葡萄酒中，陽光在勃艮地紅酒中溶解。「在這個『法』背後肯定藏著一整套理論。那麼請您說來聽聽吧，寧可現在就聽，勝過以後再聽！上前菜時您說了趣聞軼事，魚上桌時您變得大膽而殷勤，現在端來了肉，是實質而根本的東西，該談談『法』的理論了。各位都得承認，這頓飯再完美不過了。」

「這其實不是個理論，只是一種揣測，一種古老的感覺方式，已有三千年之久。亞洲大陸所有的古老智慧以及對於世界與生命的悠久經驗都歸納於其中。」

「您剛剛說到亞洲嗎？」大膽的仙女打斷了我。「我最愛亞洲了，我的熱忱屬於亞洲大陸。在比亞里茨[4]我總是讀孔子，而我的心在佛陀與成吉思汗之間擺盪。」

「讓我們暫且不去管您擺盪的心，艾莉西亞，如此美妙的對象會引誘我們走得太遠。我只是想用『法』這個概念點出：如果我們把道德視為一套適用於所有人的義務與禁令，那我們就錯了。這樣一套系統是種抽象概念，絕對好或絕對壞的行為很少，也許根本沒有一種行為有絕對的好壞。生活中充滿了各式各樣的情況，無法納入唯一一套道德的暗房中。各位曉得狄德羅[5]那篇〈論演員的矛盾〉（Paradoxe sur le comedien），他似非而是地宣稱道德乃是職業罪過的總和。主教出售教諭，他做得對；商人欺騙顧客，同樣地生意做得很好；不道德只發生在商人買賣教諭而主教偷斤減兩的時候。在狄德羅誇張的玩笑背後藏著一個重要的真相。各位只要看看，每個階層的人對於其他階層的習俗是多麼感到憤怒。例如，知識分子認為政治人物不道德，因為政治人物的言論模糊、不坦率、充滿矛盾。知識分子的工作在於使用語言做出宣告，如果他寫下文字或說出話來，優

4．Biarritz，法國西南濱海城市，度假勝地。

5．Denis Diderot（1713-1784），法國哲學家、藝評家與作家，啟蒙時期的重要人物。

雅、清晰、合乎邏輯地表達出一個想法，他就盡到了責任。他並不關心想法的實現。相反的，政治人物的一切工作都在於執行，並不在於表達他的想法。也就是說，政治人物沒有義務說出他的想法，把他內心深處的想法透露給大眾，他並不是詩人。說謊是他的義務，至少在廣義的範圍內。在社會各階層之間同樣存在著這種差異。對於小市民階層的婦人來說，您這個高雅的女士就是個十足的魔鬼。小市民認為女人生來就是要待在家裡，不可抽菸，她的道德只由戒律構成，而她最大的美德就在不去做戒律禁止她做的事。自古以來即是如此，羅馬共和時期在許多女人的墓碑上，死者名字的後面刻著這樣的讚美：她坐在家中紡紗。」

「我還不知道我這麼不像羅馬女人，」宛如來自船難童話的那個仙女微笑著說：「在我看來，只把生活侷限在那上頭，才真是不道德到了極點。」

「沒錯。您在這世上的天職正好與此相反。您以同樣神聖嚴肅的態度感覺到自己體內有一種召喚，召喚著您感到不安、勇於嘗試、重新來過。我也不想成為那種典型的好市民，認為只要做好自己分內的事，維持心靈的平安就夠了，如同法國詩人布瓦洛[6]所說：活在一位小市民好母親和平的家規之下。」

「我的朋友，現在您是在公然說別人的壞話了。」

「不，我並不要求小市民放棄他的道德，只要求他讓我保有我自己的道德。各種極端不同之生命天職的並列就是印度教所說的『法』。在印度教裡，所有的信仰教義和所有的哲學都能有一席之地，印度教不是教條主義，它只要求一件事：遵守儀式的規定。每個階層都有被允許做的事和義務，一種需要順應的『法』，因為這是世間至高律法的一部分。每個人可以在他的『法』之內達到圓滿，而且也只能藉此達到。僧侶有沉思與禁慾的道德，戰士應該好戰而殘忍。眾神本身也必須遵守嚴格的規範：他們的舉止必須像個神。只有逾越自己的『法』而進入另一個『法』受到禁止，除非是經由犧牲之路。違反了這個禁令，就會遭到無情的處罰，下輩子投生至比較低等的階層。各位覺得這算不算是種嚴格的道德呢？自始以來，人類就被要求承擔起其宗教義務，作為宇宙最後的真實，確保宇宙無法摧毀之存在。梵天向其餘眾神開示數量龐大的生活規範條

6．Nicolas Boileau-Despréaux（1636-1711），法國詩人與文學批評家。

目，以幾萬章的篇幅加以闡述，如同我們在流傳下來的梵文史詩《摩訶婆羅多》（*Mahabharata*）中所見。印度教並不認可單單一種道德的正確性，從而毀掉宇宙的豐富，而是接受並尊重世上美妙的多樣化，在原則上容許有流氓的道德和妓女的道德。相對的，印度教不寬容每一種道德法規中最小的失足。一個極為虔誠的國王被處以沉重的地獄責罰，因為他在一個有利於受孕的夜晚忘了臨幸他的嬪妃。我們無處可逃。那首古詩說得很美：如同小牛能在上千頭母牛當中認出牠的母親，一度犯下的罪過將永遠跟隨著犯錯之人。看吧，我的朋友，您的『法』是打高爾夫球，我的『法』則是言談和寫作。當我看見您年輕快活，穿著完美的服裝，優雅地擊球，您在我眼中就是個完美的生物，妝點著萬物，讓萬物感到自豪。可是如果我看見自己穿著同樣的服裝擺出同樣的姿勢，我自己都會覺得我違反了宇宙的美好秩序。」

「您是個拘泥原則的人。」我所誇讚的半人馬說。

「我認為正好相反。『法』的概念不正意味著道德中一種微妙的經驗主義嗎？我要捍衛的概念是沒有所謂中立的行為，在一個人身上是好的行為，在另一個人身上則是壞的。在當代人的激情中，凡是關於道德的討論往往都會令人窒息，希臘羅馬時期以優雅的淡漠不談道德——道德這個字眼多麼令人沮喪！——而是恰如其分地說：做得體的事，做恰當的事。我們不妨把這種淡漠和當代的激情加以對照。我認為不僅是每個階層，每個個體也有屬於他個人恰當行為的規範，且不適用於其他人。」

不過這是徒勞……朋友們消失無蹤，難道是我說的話把這群人給解散了嗎？倒也不是，他們之所以溜走另有原因。高爾夫球局就跟天體的運作一樣無情，在既定的時間各組人馬準時組好隊伍，友誼或是求知欲都留不住打球的人。露台上空蕩蕩的，只有一顆心搖擺不定的艾莉西亞還留在我身邊。

「可愛的仙女，您此刻所做的再親切不過。您沒有去打球，而寧願跟我作伴，您為了我的『法』而犧牲了您的運動。」

「噢，其實是我昨天下車的時候把腳踝扭傷了，現在我沒辦法在球場上走動。」

「啊，原來如此。」

愛的面貌

愛情故事在男男女女之間發生，
熱烈程度不一，有無數的元素摻入其中，使其進展錯綜複雜，
乃至於在多數情況下，這些故事中什麼都有，
唯獨缺少根本意義上可稱之為「愛」的東西。

前言

我要談的是「愛」，但首先要談的不是各式各樣的愛情故事。愛情故事在男男女女之間發生，熱烈程度不一，有無數的元素摻入其中，使其進展錯綜複雜，乃至於在多數情況下，這些故事中什麼都有，唯獨缺少根本意義上可稱之為「愛」的東西。針對情節曲折的愛情故事做心理分析也許能讓我們有些體悟，但是如果不事先釐清「愛」最嚴謹、最純粹的意義，這種分析可能會讓我們對「愛」產生誤解。再說，如果只把對「愛」的觀察限於男女兩性對彼此的感覺，等於是窄化了我們所要談的主題。「愛」這個主題要寬廣得多，但丁就認為愛足以移動日月星辰。

姑且不談這種能擴及宇宙星辰的愛，我們至少必須把愛的普遍性納入考量。除了男女之愛，我們也愛藝術、愛科學，母親愛孩子，信徒愛上帝。愛所能及的對象如此之多，範圍如此之廣，許多所謂的愛之特性與條件其實是源自於愛的種種不同對象，因此我們必須小心，不要把這些特性和條件歸諸於愛的本質。

這兩百年來，大家對「愛」的進行談得很多，對「愛」的本質卻談得很少。從古希臘時期開始，每一個時代都擁有其情感理論，唯獨最近這兩百年沒有。對古代影響最大的首先是柏拉圖的學說，其後則是斯多噶學派的學說；中古時期受到聖多瑪斯（Thomas Aquinas）與阿拉伯文化的影響；十七世紀則孜孜於研究笛卡兒與史賓諾沙有關激情的理論。自古以來，每位大哲學家都自覺有義務針對情感這個主題提出自己的一套理論，但我們這個時代並未嘗試以宏觀的角度針對情感提出有系統的理論。直到最近這幾年，芬德爾[1]和舍勒[2]的研究才重新觸及該問題。而這兩百年來，我們的心靈越來越複雜，感覺也越來越敏銳。

因此，那些古老的情感理論對我們來說已嫌不足，例如聖多瑪斯從古希臘文獻中整理出有關愛的觀念顯然不正確。對他而言，愛與恨是追求的兩種形式，亦即欲望的兩種形式。愛是對某種善的追求，恨是一種抗拒（反向的追求），是對

1．Alexander Phänder（1870-1941），德國哲學家與現象學家。

2．Max Scheler（1874-1928），德國哲學家，以現象學、倫理學、哲學人類學方面的著作知名。

惡的一種排斥。他的說法把欲望與追求跟情感混為一談，這是十八世紀以前心理學的通病。

我們必須對欲望跟情感加以區分，讓愛的獨特之處、愛的本質不至於從我們指縫間流失。在我們的內在經驗中，愛的孕育能力最強，乃至於愛成為一切孕育能力的象徵。心靈的許多衝動由愛產生，例如願望、思想、意志力的表現和行動。然而這一切雖是由愛而生，一如莊稼由種子而生，卻不是愛本身；愛其實是這一切的前提。凡是我們所愛的東西，我們自然也會去追求，不管是在哪一種意義上，也不管是以哪一種方式。然而，每個人都知道，我們也會去追求我們不愛的東西，那些不會讓我們產生感情的東西。想喝一杯醇酒不表示我們愛這杯酒；吸食鴉片的人渴望得到鴉片，卻也為了毒品造成的有害後果而憎恨鴉片。

不過，要區分愛與欲望，還有一個更重要也更高尚的理由。想要一件東西的欲望說到底是想要擁有那樣東西，而不管是以何種方式擁有，擁有意味著那件東西進入我們的生活，彷彿成為我們的一部分。因此，欲望一旦達成就會自然息滅，隨著得到滿足而消失。相反的，愛卻是永遠的不滿足。欲望有種被動的性質，而且仔細加以檢視，當我心中有欲望，我想要那樣東西到我這裡來，我是萬有引力的中心，期待相關事物落到我這裡。愛卻正好相反，我們會發現愛是全然的主動。有愛的人走出自我，走向他所愛的對象，成為對方的一部分。能讓一個個體走出自我，走向另一個個體，大自然中最大的力量也許就是愛。在欲望中，我想把所渴求的對象拉到我這裡來；在愛中，我被拉到所愛的對象那裡去。

中世紀的思想先驅奧古斯丁（Augustinus）對愛進行過極為深刻的思考，他或許也是史上在愛方面最熱情的人，有時候他能擺脫把愛跟欲望混為一談的說法。於是他沉浸在一種詩人的陶醉中說出：「愛是我的引力，不管將我拉向何方，他都牽引著我。」

史賓諾沙努力想更正把愛與欲望混為一談的錯誤觀念，他撇開欲望不提，想在情感中找到愛與恨這兩種感情萌發的基礎。他認為愛與恨是「一種喜悅或悲傷，而且這種喜悅或悲傷有外在的起因。」根據他的說法，愛一個人或是一件東西就是感到幸福，同時心裡明白這種幸福來自那個人或那件東西。由此我們可以看出，他把愛跟愛可能產生的結果給混淆了。一個人能從所愛的對象那裡得到喜悅，這一點誰會懷疑？但我們也很清楚愛有時候是悲傷的，如同死亡一樣悲傷，是一種巨大的致命痛苦。尤有甚者，真正的愛在痛苦和折磨中更能感覺到自己的存在，更能掂出自己的分量。愛中的女子寧願承受所愛之人帶給她的痛苦，也不要沒有痛苦的冷淡。葡萄牙修女瑪麗安娜・艾爾科佛拉多[3]寫信給對她不忠的情人，信中有這樣幾句話：「我衷心感謝你帶給我的絕望，我厭惡認識你之前的平靜生活。」「我很清楚要如何才能治療我的一切病痛，假如我不再想你，我就能立刻得到自由，可是這算是什麼藥！不，我寧願受苦也不要忘記你。唉，這豈是我所能決定？我從沒有一刻但願自己不愛你，而且你其實比我更值得同情，似我這般受苦仍舊勝過享受你在法國帶給你那些情婦的膚淺喜悅。」第一封信的結尾是：「祝你平安，永遠愛我，讓我再承受更大的痛苦！」百年之後，雷皮納斯小姐[4]寫道：「我愛你，愛就必須如此：在絕望之中。」

史賓諾沙錯了，愛不是喜悅。愛國者也許會為了祖國而犧牲生命，殉道者也可以為了愛而承受死亡。相反的，恨也能夠自得其樂，為了所恨之人遭受的不幸而幸災樂禍。

既然這些著名的定義對我們來說都嫌不足，最好是由我們自己來嘗試定義「愛」的行為，仔細加以檢視，就像昆蟲學家檢視從灌木叢中抓到的一隻昆蟲那般。我希望各位讀者正愛著某樣事物或是某個人，或是曾經愛過，此刻能夠抓住心中情感的透明翅膀，放在內心的視線之前檢視。「愛」是隻既能釀蜜也會螫人的蜜蜂，我將細數這隻顫抖的蜜蜂最普遍、最抽象的特徵，各位讀者可以自行判斷我所提出的公式是否與內心的經驗相符。

就開始的方式而言，愛肯定和欲望相同，因為愛是由其所愛的對象而引發，不管是人或物，那個對象朝我們的心靈伸出一根刺，刺激了它，讓心靈微微受了傷。也就是說，這樣一種輕刺的方向是從對象往我們這裡來，是一種向心的方向。但是愛的行為是在這種引發之後才開始的，說得更清楚一點，是在受到刺激

3・Mariana Alcoforado（1640-1723），葡萄牙修女，據說係《葡萄牙修女的情書》的作者，這五封信係寫給她的戀人，一位法國軍官。

4・Julie de l'Espinasse（1732-1776），法國一傑出文藝沙龍之女主人，亦為數冊書信集的作者，信中流露出其熱情與文學天分。

之後才開始的。對象所射出的箭在我們心中造成傷口，而愛就從這個傷口中流出，主動朝對象流去；愛的流動方向跟刺激和欲望的流向正好相反。愛從愛人者流向被愛者——從我這裡流向另一人，其方向是離心的。這種在心靈上朝著一個對象移動是愛與恨的基本特徵，一種心靈的不斷移動，從自身朝向另一人。至於愛與恨之間的差別何在，這一點我們稍後再談。不過，這裡所說的移動並非我們的身體朝著所愛之人移動，尋求身體上的接近。這一切外在的行為固然是源自於愛，但在為愛下定義的時候，外在行為無關緊要，我們若要釐清愛的定義，就必須完全排除這些外在行為。我所說的都是把愛的行為當成內心經驗，當成心靈的過程。

愛上帝之人無法用雙腳朝上帝走去，儘管如此，愛上帝仍然意味著朝祂接近。當我們去愛，我們放棄了自身的平靜與安定，在虛擬的層面朝著所愛的對象移動。這種不斷朝向對方的移動就叫做愛。

思考和意志的行為都發生在當下。醞釀的時間或長或短，但是在執行上卻不會持續，而是點狀的行為，轉瞬即逝。當我瞭解一個句子，我在剎那之間就瞭解了，然而愛卻會在時間中持續。當我們去愛，那不是一連串不會延長的瞬間，不是一個個燃燒之後熄滅的點，像一具感應器上的閃光。相反的，我們持續愛著所愛的對象。由此可得出愛的另一個特徵：愛是一種湧動，是一道由心靈物質構成的光，是一條河流，如同泉水般不斷噴湧。若要尋找一個比喻來彰顯愛的這種基本特徵，我們可以說，愛不是爆發，而是一種持續的湧出，一種心靈之光的散發，從愛人者向被愛者移動。

芬德爾就相當敏銳地指出了愛與恨這種流動和持續的特質。

至此，我們指出了愛與恨共通的三項基本特徵：一、愛與恨的方向是離心的；二、它們是朝向所愛或所恨對象的一種虛擬移動；三、它們是持續的，或者說是流動的。

接下來我們要釐清愛與恨之間的根本差異。

愛與恨的方向都是離心的，方向固然相同，兩者在意義上卻是截然不同，用心正好相反。恨與其對象相逆，具有負面的性格；愛順著其對象，肯定對象。

此外，愛恨這兩種情感行為還有一種共同的性質，比起兩者之間的差異更為深切。思考和意志缺少我們可稱之為「心靈熱度」的東西，但愛與恨卻有熱度。相較於思考著一個數學定理的念頭，愛與恨是炙熱的，而且火焰的大小可以極為不同。凡是愛都會經過熱度有所變化的階段，日常用語中有所謂「冷卻的愛情」，而戀愛中人會埋怨情人的溫吞或冷淡。關於情感的熱度其實可以另寫一章，從這個角度來看人類心靈的各種領域。依我之見，這能打開我們的視野，以至今未曾有過的眼光一窺世界歷史、道德和藝術。我們可以談談歷史上偉大民族的不同熱度，談談古希臘、中國和十八世紀的「冷」，還有浪漫時期歐洲屬於中古時期的「熱」；可以談談不同的心靈熱度對於人際關係的影響——當兩個人相遇，他們從彼此身上最先感受到的就是他們「情感卡路里」的含量；最後還可以談談在藝術風格上可稱之為熱度的品質，尤其是在文學風格上。然而，如此寬廣的主題，單是劃定其範圍就是件不可能的事。

關於愛與恨的熱度，如果從其對象的角度來看，會比較容易理解。愛會對其對象做什麼呢？不管對象是遠是近，是妻子、孩子、藝術、科學、祖國還是上帝，愛追求著所愛的對象。欲望會因為得到所欲求之物而感到高興，從所欲求之物身上得到愉悅，但是欲望不會付出，不會給予，不會呈獻任何東西。愛與恨卻是一種持久的作為。不論遠近，愛都將其對象籠罩在一種善意的氛圍裡，愛是愛撫，是讚美，是認可。恨則將其對象籠罩在一種惡意的氛圍中，啃噬其對象，像一陣炙熱的焚風使之乾枯，以虛擬的方式將之摧毀。我要再次強調這無須在現實中發生，我談的是在恨這種情感中的意圖，是讓恨之所以成為恨的內心行為。

愛與恨兩種情感的相反意圖也表現在其他形式上。在愛中，我們覺得自己跟所愛的對象合而為一。這種合而為一意味著什麼呢？就其本身而言，這並非身體上的合而為一，甚至不是身體上的接近。我們的朋友也許住在很遠的地方——當我們談到廣義的愛時，可別忘了友情——而我們沒有他的消息，儘管如此，我們還是以一種象徵性的方式與他同在。我們的心靈會神奇地伸展出去，能夠跨越距離，不管朋友人在哪裡，我們都感覺到跟他形成一體。當我們在朋友有難時對他說：「相信我，我會在你身邊。」就差不多是這個意思。這句話所表達的是：你的事就是我的事，我把自己的命運跟你的連結在一起。

相反的，儘管恨也是不斷朝著所恨的對象湧去，卻在同樣象徵意義上把我們跟所恨的對象分隔開來。恨把我們跟對象遠遠地隔開，拉開了一道深淵。愛是心心相印，是和睦一致；恨是分歧不和，是形而上的抗拒，是跟所恨對象遙遙相隔。

現在我們可以看出愛與恨是「有所作為」的，跟喜悅或悲傷這種被動的情感不同。我們會說一個人「是」快樂的，「是」悲傷的，而這種措辭有其道理：它的確是一種狀態，不是作為，也不是行動。單就其悲傷或快樂而言，一個悲傷的人或一個快樂的人什麼也沒做。相反的，愛卻在心靈虛擬的延伸中抵達所愛的對象，致力於一種無形卻神聖的工作，這是世上最積極的工作：愛肯定其對象。讓我們想一想，愛藝術或是愛祖國意味著什麼。它表示沒有一刻懷疑其存在的權利，意味著時時刻刻看清並認可藝術與祖國有存在的價值。而且不是像法官一樣，以不帶感情的方式根據法律做出決定，而是以另一種方式，在這種方式中一項有利的判決同時意味著情感上的參與和涉入。反過來，恨也不斷忙於在虛擬的層面殺死所恨的對象，意圖毀滅所恨的對象，壓制其生存的權利。恨一個人意味著單是由於對方的存在就覺得受到刺激，只有所恨之人徹底消失才能帶來滿足。

在我眼中，最後這一點是愛與恨最根本的特質。凡是愛過的人，就肩負著讓所愛對象存在下去的責任；在他能夠掌控的範圍內，他不允許這世上有可能少了那對象。而這就等於在我們能夠掌控的範圍內，在意圖之中不斷賦予愛人或所愛之物生命。愛是不斷地賦予生命，創造並維護著所愛的對象。恨是毀滅，是虛擬層面上的謀殺，而且不是一次性的，而是不停地謀殺，把所恨之人從世界上完全抹去。

斯湯達爾所言之愛

斯湯達爾[5]滿腦子都是理論，但是他缺少理論方面的天分。在這一點上，他跟西班牙作家巴羅哈[6]很像，而他們在其他幾件事情上也有共通點。巴羅哈對於人間的種種事物都先以一套科學理論來回應。乍看之下，他們兩個人似乎都是涉足文學的哲學家，然而事情正好相反。我們只需要指出他們兩人都擁有太多套哲學，而哲學家其實只有一套。要區分真正的理論家和僅是貌似的理論家，這是百無一失的標準。

理論家努力想讓自己跟現實協調一致，並藉此獲致系統化的論述。為了達到這個目的，他做了無數的防範措施，其中一項是維持自己眾多思想的統一與協調一致，因為現實是豐富的整體。哲學家巴曼尼德斯[7]發現這一點時是多麼吃驚！相反的，一般人的思想和感覺並不連貫，有時互相矛盾，而且形形色色。就斯湯達爾和巴羅哈而言，他們只是把理論性的表述當成一種語言風格的手段，作為一種文學的形式，充當宣洩情感的工具。他們的理論其實是歌唱。他們從「正」

「反」兩面來思考，而思想家從來不會這麼做；他們在概念中愛恨。所以他們才會有這麼多理論，就像細菌一般孳衍，彼此不連貫，相互矛盾，每一個理論都源自某一刻的印象。他們的理論本質上是歌唱，所揭露的不是事物的真相，而是歌者本身。

我這樣說完全沒有責備之意，斯湯達爾和巴羅哈也並未以哲學家自居。我之所以指出他們精神特質中猶豫不決的層面，只是想抓出他們的本質。他們狀似哲學家，這不太妙；但是他們並非哲學家，這樣更好。

不過，斯湯達爾的情況要比巴羅哈更嚴重一點，因為至少在一個主題上他非常認真地想要發展出一套理論，而且還是哲學之父蘇格拉底自認特別擅長的主題：關於「愛」。

斯湯達爾的《論愛情》（*De l'amour*）是一本流傳很廣的書。我們若走進某

5・Stendhal（1783-1842），法國十九世紀知名作家，原名 Marie-Henri Beyle，係小說《紅與黑》的作者。

6・Pio Baroja（1872-1956），西班牙作家與小說家。

7・Parmenides（大約生活於西元前五百年），古希臘哲學家，伊利亞學派的創始人。

個伯爵夫人、某個女演員或者社交名媛的家裡，通常得要先等個幾分鐘。首先，我們的目光不免會被牆上的畫作吸引。為什麼牆上總是非掛著畫不可呢？而這些畫又為何總是給人一種任意掛上的印象？畫就是一幅畫，但這畫也可以用別幅來取代，我們沒有自覺遇上了一種不可或缺事物的興奮感。然後我們看見那些家具，在某個地方會擺著幾本書，我們目光停留在書背上，上面寫著什麼呢？論愛情。如同在醫生的看診室裡會有關於肝臟疾病的論文，伯爵夫人、女演員、社交名媛全都有成為愛情專家的野心，想從這本書裡學習。就好像買了一部汽車的人又再買了一本內燃機的使用手冊。

那本書讀來令人入迷。斯湯達爾就算在下定義、作結論和提出理論的時候，也總是在說故事。依我之見，他是史上最會說故事的人，是高手中的高手。然而，他把愛情比喻為結晶的著名理論正確嗎？為什麼從來沒有人仔細研究過這個理論？大家引用它，把它流傳下來，卻沒有人適切地加以分析。

難道不值得花費力氣嗎？讓我們回想一下，基本上這個理論認為愛情在本質上是種錯覺。不是說愛情偶爾會弄錯，而是說愛情本身就是個錯誤。我們墜入情網，是因為我們的想像力替對方添加了其實並不存在的完美。有一天這個錯覺消失了，愛情也就隨之死亡。這比俗話說「愛情是盲目的」還要糟糕。對斯湯達爾來說，愛情比盲目更次一級：愛情讓人產生幻覺，不但看不見真相，而且還會假造真相。

我們只需要從外部來看這個理論，就能找出它在時間和空間上所屬的位置。該理論是十九世紀歐洲的典型產物，帶有那個時空背景的兩項特徵：觀念論和悲觀主義。斯湯達爾的「結晶說」是觀念論的，因為它把與我們產生連結的外在客體變成只是主體的投射。從文藝復興以來，歐洲人就傾向於把世界解釋成精神的展現。在十九世紀之前，這種觀念論相對而言比較開朗，主體在自己身邊築起的世界是真實而有意義的。但是斯湯達爾的結晶理論卻是悲觀的，它想要證明我們視之為正常的心智功能其實只是異常的特殊現象。同樣的，泰納[8]也想說服我們，正常的感知只是傳承下來的集體幻覺。這是十九世紀典型的思考方式，用異

8・Hippolyte Taine（1828-1893），法國歷史學家與文學批評家，強調種族、環境和時代對作者的影響。

常來解釋正常，用低等之物來解釋高等之物。十九世紀的人有種奇特的狂熱，把宇宙解釋為一種徹底的「對價」（quid pro quo，或譯交換條件），一種根本上被假造的東西。倫理學家努力向我們說明，凡是利他主義都是偽裝的利己主義；達爾文不厭其煩地描述死亡如何塑造生命，把生存的競爭當成最高的生命力；馬克思則把階級鬥爭視為歷史的根源。

但事實真相卻跟這種固執的悲觀主義大相逕庭，乃至於真相能夠在其中棲身，讓憤恨的思想家無從察覺。在「結晶說」裡正是如此，因為該理論終究還是承認，人只會愛值得愛的東西，不過現實中它們似乎並不存在，所以人必須虛構出值得愛的東西來，而這種虛構的完美喚醒了愛情。把美好之物稱為一種幻覺，這很容易，但是這麼做的人忽略了隨之而來的問題。如果所有的美德都不存在，我們如何能辨認出它們？如果在真實的女性身上沒有足以讓我們心動的特質，那麼我們能在哪一個夢中的海濱邂逅想像中的美女，燃起心中的愛火？

很顯然，這個理論誇大了愛情的騙術。如果我們發現愛情有時候假造出所愛對象並沒有的特質，我們應該捫心自問，在這種情況下，是否那愛情本身是假的。愛情心理學在分析感情時，對於感情的真假必須抱持懷疑的態度。依我之見，斯湯達爾那篇論文觀察最敏銳之處在於，他推測有些愛情並不是愛情。他把愛情分成三種：美感之愛，虛榮之愛，熱情之愛，而他對愛情的巧妙區分就意味著有些愛情並非愛情。如果一份愛從一開始就不是真正的愛，那麼圍繞在它周圍的一切是假的也就不足為奇，尤其是愛的對象。

在斯湯達爾眼中，只有「熱情之愛」是正當的，但我認為他把真愛的範圍還是劃得太大了。就算在「熱情之愛」當中，還是應該再區分出不同的種類。我們不僅會出於虛榮或美感而欺騙自己那是愛情，虛構愛情還有一個更直接、更持久的理由。愛情是最被歌頌的一種經歷，每個時代的詩人都竭盡所能替愛情梳妝打扮，賦予愛情一種奇特且抽象的現實。因此我們在還沒有嚐到愛情之前，就已經曉得愛情，看重愛情，並且打定主意要「從事」愛情，彷彿愛情是一門藝術，或是一種職業。想像一下，若有男人或女人把抽象意義上的愛情視為人生的理想，他們勢必會不斷地活在一種自以為墜入情網的狀態中。無須等到特定對象來讓他們釋放出感情，隨便一個對象對他們來說就夠了。他們愛的是愛情，如果仔細看去，就會看出他們所愛的對象只是一個藉口。具有這種天性的人如果也喜歡思考的話，自然而然會創出「結晶論」之類的理論。

斯湯達爾就是這樣一種熱愛愛情的人。波納爾[9]寫過一本書談斯湯達爾的愛情生活，書裡說斯湯達爾想從女性那裡得到的不過是一種作夢的權利。他為了不感到寂寞而去愛，事實上，在他的愛情故事裡多半是他在唱獨腳戲。

關於愛情的理論可分為兩大類，一類包含常見的事實，純粹是老生常談，作者只是加以複述，本身並未完全體驗過其中所言的事實。另一類包含比較有內涵的認知，來自作者本身的經驗。在這種情況下，我們針對愛情所作的抽象陳述便揭露出自身愛情經歷的輪廓。

斯湯達爾的情況很清楚，他是個不曾真正愛過的人，尤其是個不曾真正被愛過的人。他的一生充滿了虛假的愛情，而虛假的愛情在心靈留下的就只是對其虛假的淒涼認知，對其短暫易逝的體驗。如果仔細分析斯湯達爾的理論，就能清楚看出這套理論是倒過來想的，亦即對斯湯達爾而言，愛情的主要部分在於結束。可是該如何解釋愛情的結束，如果所愛的對象並未改變？在這種情況下，如同康德在其認識論中所言，我們豈非被迫承認自己之所以動情不是取決於讓我們動情的對象，而是取決於我們的想像力被激發之後所塑造出的對象？愛情之所以死亡，是因為它的誕生是個錯誤。

換做是法國作家、政治家夏多布里昂就不會這樣想。他這個人本身沒有能力真正去愛，卻具有喚起真愛的天賦。一個又一個的女子與他相遇，對他一見鍾情，終生不渝。我再重複一次：一見鍾情，而且終身不渝。假如夏多布里昂要創出一個愛情理論，那麼在他的理論中，真正的愛情定然具有兩種本質：驟然而生，永遠不死。

比較夏多布里昂跟斯湯達爾兩人的愛情，會是心理學上很值得研究的主題，能讓那些輕率談論唐璜的人學到一點東西。這是兩個創造力驚人的男子，不是兩個花花公子——某些無知淺薄之人就是把唐璜這類型的男子扭曲成花花大少的

9・Abel Bonnard（1883-1968）法國詩人與小說家，此書原名為 *La vie amoureuse d'Henri Beyle*。

可笑形象。儘管如此，這兩個男人都把最佳精力用來活在不斷的墜入情網中。當然，他們並沒能做到。顯然，要一個尊貴的心靈委身於瘋狂的愛情並不是那麼容易。但事實是他們不斷地嘗試，而且幾乎總有辦法讓自己產生墜入情網的幻覺。他們看重自己的愛情冒險遠勝過自己的作品。說也奇怪，只有那些沒有能力創造出偉大作品的人才會認為必須反其道而行，亦即看重科學、藝術或政治，而視愛情如敝屣。我這樣說並無贊成或反對之意，只是想指出，具有偉大創造力的人通常都談不上認真嚴肅，而這裡所說的認真嚴肅是指小市民對這種美德的概念。

不過，從「唐璜心理學」的角度來看，最有趣的莫過於斯湯達爾和夏多布里昂之間的對照。兩人之中，更熱烈追求女性的是斯湯達爾。儘管如此，他恰好是唐璜的反面。唐璜是另一種人，總是站在遠處，籠罩在一片悲傷的霧中，很可能他從未追求過一個女子。

要描繪出唐璜的形象，拿那些一輩子都在向女人獻殷勤的男人作範本會是最大的錯誤。在最好的情況下，也只能描繪出一個次等的、庸俗類型的唐璜；而更可能的是，以這種方式我們會得出跟唐璜正好相反的類型。如果我們要替詩人下定義，卻拿蹩腳詩人當藍本，那會發生什麼事？正因為蹩腳詩人不算詩人，我們在他身上只會看見他徒勞地追求自己不曾得到的東西，看見他這種徒勞追求的辛苦和汗水。蹩腳詩人蓄起長髮，披上圍巾，用一些傳統上屬於詩人的裝飾來取代靈感。那些勤奮的唐璜也是如此，他們把愛情當成每天的例行工作。明擺出一副唐璜姿態的人其實正好否定了唐璜，是唐璜的一種空洞形式。

唐璜不是個愛女人的男人，而是個為女人所愛的男人。這是無可懷疑的事實，而企圖處理「唐璜現象」此一困難主題的作家，其實應該要更深入地探討這一點。的確有些男人會讓許多女人強烈地愛上，這是個事實。從中我們可以發現許多值得深思之處。這種特殊的天賦來自何處？在這種特殊待遇的背後隱藏著何種生命的奧祕？另一方面，針對某個隨意捏造出來的唐璜式人物來講道，在我看來過於無稽，不會有什麼有意義的結果。講道者常有種壞習慣，他們會虛構出一個愚笨的摩尼教徒，然後以駁斥這個摩尼教徒為樂。

斯湯達爾花了四十年的時間朝著女性築起的圍牆進攻。他研擬出一整套戰略，包含了原則和定理，他東奔西跑，拚命扛起這項任務，也因為任務的沉重而受傷。然而一切都是徒勞，他不曾擁有過一個女子的真愛。這其實並不令人詫異，大多數的男人跟他命運相同，為了彌補這種不幸，他們養成了一種習慣，把女性似有若無的親近和容忍當成道地的愛情，而這種親近和容忍還是他們費了好大的功夫才換來的。在審美的領域也有一模一樣的情況，大多數人一輩子都不曾真正享受過藝術，卻很有默契地把一曲華爾滋引起的興奮或一本小說製造出的懸疑當成是藝術享受。

斯湯達爾的愛情冒險就是屬於這一類的偽經驗。這是很重要的觀察（伯納爾在他那本《斯湯達爾的愛情生活》裡對此著墨不夠），因為這解釋了斯湯達爾愛情理論中的基本錯誤，他的愛情理論建立在一種虛假的經驗上。

根據他的經驗，斯湯達爾認為愛情是「造」出來的，而且愛情會結束。這兩種性質都是偽愛情的特徵。

相反的，夏多布里昂總是不費吹灰之力就遇見現成的愛情。女性從他身邊走過，突然感受到一種電磁般的吸引力，立刻徹底拜在他腳下。為什麼呢？唉，這就是那些研究唐璜現象的理論家應該向我們揭露的祕密。夏多布里昂相貌並不英俊，他身材矮小，肩膀高聳，情緒總是很糟，粗暴而難以親近。他跟愛他的女子之間只能維持八天的親密，儘管如此，在二十歲時愛上他的女人到了八十歲仍然心繫這位天才，哪怕她也許再也沒見過他。這不是虛構的故事，而是可以證明的事實。

且舉一例：庫斯坦侯爵夫人（Marquise de Custine），法國最高尚的貴族仕女，出身極為高貴的家庭，相貌姣好。法國大革命期間，她幾乎還只是個孩子，被判送上斷頭台。幸好法庭成員中的一名鞋匠對她心生憐惜，她才免於一死。她逃往英國，等她回到法國，夏多布里昂剛剛發表了他的小說《阿達拉》（*Atala*）。她結識了這位作家，立刻就愛上了他。夏多布里昂一時興起，建議侯爵夫人買下費爾瓦克堡（Le château de Fervaques），那是一座古老的貴族莊園，亨利四世曾在那裡待過一夜。侯爵夫人在流亡之後尚未完全取回屬於她的財產，但她竭盡所能買下了城堡。然而夏多布里昂並不急於去拜訪，過了很久以後，才總算到城堡裡住了幾天，對愛他的侯爵夫人來說，那幾天是無比美好的時光。夏多布里昂唸出了亨利四世用獵刀刻在壁爐上的一首雙行詩：

費爾瓦克的女主人
值得大膽的出擊

幸福的時光轉瞬即逝，再也無法挽回。夏多布里昂離開了，再也沒有回來，他已經航向新的愛情島嶼。月復一月，年復一年，侯爵夫人已年近六十。有一天她帶領一位訪客參觀城堡，當此人走進那座大壁爐所在的大廳，他說：「這就是夏多布里昂坐在您腳邊的地方嗎？」她立刻吃驚而又受傷地回答：「噢，不，是我坐在夏多布里昂腳邊。」

在這種愛情中，一個人與另一個人緊緊相連，徹底而且永遠，宛如透過一種形而上的接枝連為一體，斯湯達爾從不曾認識這種愛情，因此他認為愛情的消逝屬於愛情的本質。而事實也許正好相反，一份發自心靈深處的完滿愛情幾乎不會死亡，而永遠地埋在那個多情的心靈裡。客觀的情況也許會削減這份愛情所需要的養分，例如距離，於是愛情會萎縮，變成一種滲入地下的情感，一種隱藏的感情血管，但是這份愛情不會死亡。作為一份感情，這愛情會完好無恙地持續下去。在內心深處，愛人者覺得自己與所愛之人無條件地緊緊相連，命運或許會讓他在不同的地方和不同的社會階層之間輾轉飄盪，但這不會擾亂他，在他心裡，他永遠依傍著他所愛之人。這就是真愛最崇高的標記：依傍著所愛之人，在心靈上緊緊相依，更勝過空間上的親近，這種相依相守更具有生命力。用哲學的術語來說，最貼切的表達方式是：愛人者在存有論上與所愛之人同在，忠於所愛之人的命運，不論其命運是如何。愛著一名竊賊的女子也許身在別處，但她的心卻是在監獄裡與他同在。

斯湯達爾將他的愛情理論稱之為「結晶理論」，而他所用的比喻大家都很熟悉。在奧地利薩爾斯堡附近的哈萊恩（Hallein）鹽礦，如果把一根除去葉片的樹枝扔進鹽泉裡，幾個月之後再把這根樹枝拉出來，樹枝上就會出現神奇的變化，原本樸實的形狀覆蓋了無數閃閃發光的結晶。根據斯湯達爾的看法，在具有愛之能力的心靈裡也進行著類似的過程。一名女子原本的形象落入一名男子的心靈裡，在那裡漸漸蒙上一層想像出來的完美，為赤裸的真實添上華美的裝飾。

我一直覺得這個著名的理論根本上就是錯的。唯一也許還有救的地方是它暗示了（甚至沒有明示）愛情在某種意義上是對完美的追求。因此，斯湯達爾認為他必須假定我們替現實虛構出完美。然而他並沒有在這一點上多作停留，而是將之視為理所當然，他把「愛情是對完美的追求」這個事實當成他愛情理論的背景，絲毫沒有察覺這就是愛情最具意義、最深刻、最神祕之處。其實，結晶理論花了更多的精神來解釋愛情的失敗，來解釋因受挫的熱情產生的失望。簡而言之，這個理論解釋的是愛的結束，而非愛的開始。

身為道地的法國人，斯湯達爾在作出概論性的結論時就失之膚淺。他忽視了一個如此重要而基本的事實，不曾多加注意，也不曾感到驚訝。然而，哲學家的天賦就在於對顯而易見、理所當然的事情感到驚訝。看柏拉圖是如何直截了當地用心智之螯箝住愛情顫抖的神經！柏拉圖說：「愛是在美中生育的欲望。」那些自以為懂得愛情的女士會悄聲地說柏拉圖是「多麼的天真」！她們在世界各地的麗池酒店啜飲著雞尾酒，絲毫不曾察覺這位哲學家嘲諷的自得，而他卻看見她們迷人的雙眸中指責他太天真的眼神。她們忘了，當哲學家對她們談起愛情，他並沒有愛上她們，而是正好相反。如同費希特[10]所言，做哲學思考在其根本的意義上意味著不去生活，而生活在其根本的意義上意味著不去做哲學思考。哲學家具有珍貴的天賦，能把自己從生活中抽離，在想像的層面上逃離，而當他在那些女士眼中顯得天真，他就更真切地感受到自己的這種天賦。談起愛情理論，女性就跟斯湯達爾一樣，只對關注枝微末節的心理學和傳聞軼事感興趣。我不否認兩者都很有趣，但我只想指出，在這一切的背後藏著有關愛情的大哉問，它也藏在兩千五百年前柏拉圖話語的最裡層。且讓我們來看一下這個重要的問題，就算只是稍稍一瞥。

在柏拉圖的用語中，「美」是我們一般習慣稱為「完美」之物的具體稱謂。根據柏拉圖的理論，他的思想可以審慎地歸結如下：凡在愛中都有一種與我們視為完美之另一人合而為一的欲望。愛是心靈的一種動作，朝向一個在某種意義

10．Johann Gottlieb Fichte（1762-1814），德國哲學家，德國觀念論哲學的奠基者。

上出眾之物，或者應該說是比我們優越之物。不管這份優越出眾是真實的，還是想像出來的，都改變不了一個事實，就是情愛的感覺（說得更準確一點是兩性之愛）只有在看見某種我們視為完美的東西時才會從心中湧現。請讀者試著想像一種所愛之對象在愛人眼中不具有任何出眾特質的兩性之愛，你會發現這是不可能的。墜入情網首先意味著醉心於某種東西（稍後我會更深入地探討這種「醉心」有何重要），而一件東西只有在完美或是看似完美的情況下才會令人醉心。我並不是說所愛之對象顯得完全完美（這是斯湯達爾所犯的錯誤），只要對方身上有某種完美就夠了。而事情很清楚，完美在人類眼中並不意味著純粹的善，而是較其他為優，藉由某些特質而出類拔萃，也就是「出眾」。

這是第一點。其次，這樣的出眾喚起了一種渴望，想與具有這種出眾特質的人合而為一。「合而為一」指的是什麼呢？真正在愛中之人會誠實地說他們並沒有在肉體上合而為一的欲望，至少這不是他們首先意識到的事。這一點很微妙，需要極其精確地加以釐清。並不是說愛人者不希望「也」和所愛之人在肉體上合而為一，但儘管他這麼希望，說這就是他所希望的「也」不正確。

在這裡必須提出一個重要的看法。從未有人把「兩性之愛」和「性本能」清楚地加以區分（也許舍勒是唯一的例外），乃至於提起兩性之愛，大家指的往往是性本能。事實上，人類的本能幾乎都跟超乎本能的心靈悸動，或者說精神悸動有關，我們很少看見一種純粹的本能單獨發生作用。一般人對「肉體之愛」的概念在我看來過於誇大。一個人完全只在肉體上受到吸引，這種情形並不是那麼容易發生，發生的也不是那麼頻繁。在大多數的情況下，感官欲望跟情感的萌發彼此重疊而更為增強，例如對身體之美的讚歎、對對方的好感等等。關於純粹出於本能的性行為，我們能夠找到許多例子，足以將之與真正的「兩性之愛」加以區分。二者之間的差別在兩個極端的例子中特別明顯：其一是由於道德因素或客觀條件不許可而放棄性行為；其二則正好相反，是當性行為過度而淪為好色。在這兩個例子中，純粹的肉慾（某種程度上可說是純粹的不純淨）先於其對象而存在，與愛有別。一個人先感覺到欲望，在尚未認識能滿足此欲望的人或情況之前，結果是任何一個人都可以滿足這個欲望。本能純粹只是本能的時候沒有偏好，就其本身而言，並不會企求完美。

性本能或許確保了物種的延續，但不能確保物種漸趨完美。相反的，真正的兩性之愛（對於另一個人的傾心，將其心靈與肉體視為無法分離的整體）本身就是一股巨大的力量，致力於物種的更趨完善。這種愛並非先於對象而發生，而是不斷被一個出現在我們面前的人所喚起，愛的過程是由這個人身上某種優異的特質所引發。

這個愛的過程一展開，愛人者就感覺到一種獨特的力量，迫使他把自己的個體性融入所愛之人的個體性中，同時也反過來把所愛之人的個體性吸納進自己的個體性中。這真是神祕難解的欲望！在其他情況下，我們最痛恨的莫過於看見有人觸犯了我們個體存在的界線，然而愛的甜蜜就在於愛人者在形而上的意義上變得可以滲透，而且只有在跟所愛之人融合成「二合一的個體性」時才感到滿足。這讓人想起聖西門主義者[11]的學說，根據此一學說，成雙成對的男女才構成真正的社會個體。不過，渴望跟所愛之人融合並不僅止於此。完滿的愛想以一個孩子來象徵這種合而為一，把所愛之人的完美之處在孩子身上延續下去，在此願望中達到顛峰（不管願望是否被明確地表達出來）。此一階段的愛的表現，極其純粹地聚集了愛的根本意義。孩子既不是父親的，也不是母親的，而是父母合而為一的具體化，是把對完美的追求化為血肉之身。那個天真的哲學家柏拉圖說得沒錯：「愛是在美中生育的欲望。」或者如同之後另一位柏拉圖學派的哲學家麥第奇[12]所言，愛是「對美的欲求」。

近代的理論失去了這種宇宙論的觀點，幾乎全都變成從心理學的觀點出發。微妙的愛情心理學形成一種機敏的詭辯，把我們的注意力從愛情屬於宇宙論的基本面給移開了。接下來我們也要涉入心理學的領域，但只是為了探討最基本的問題，在此我們不可忘記，人類的愛情經驗固然有著多彩多姿的故事，有種種糾葛和巧合，但說到底，愛情仍是源自那種來自宇宙的基本力量，這種力量掌管著我們的心靈，並以不同的方式形塑它，不管我們的心靈是原始還是文明，單純還是複雜，屬於這個世紀還是那個世紀。當我們把各式各樣的渦輪和機器沉入水流

11・十九世紀上半葉起於法國的一項政治社會運動，受到聖西門伯爵（Comte de Saint-Simon 1760-1825）思想的啟發，聖西門伯爵被稱為「烏托邦社會主義者」，也被視為社會學的奠基者。

12・Lorenzo de Medici（1449-1492），義大利政治家，文藝復興時期佛羅倫斯的實際統治者。

中，我們不可忘記水流才是最初始的力量，是這股力量以神祕的方式推動著我們。

不能否認，「結晶論」乍看之下很吸引人。事實上，在經歷愛情的過程中，我們常會突然發覺自己弄錯了，誤以為在所愛之人身上有他們其實沒有的美麗和可愛。難道我們不該承認斯湯達爾是對的嗎？我不這麼認為。因為說得過度正確結果反而說得不對，這種情形的確可能發生。在跟現實打交道時，我們處處都會弄錯，難道唯獨在愛情這件事上會正確無誤嗎？我們不斷把自己的想像投射在真實的對象上，看見事物（或者應該說評估事物的價值！）對人類來說一向意味著加以補充。笛卡兒就已經說過，當他打開窗戶自以為看見街上的行人，他犯下不夠精準的錯誤。他究竟看見了什麼呢？「帽子和大衣，別無他物。」（這是個奇特的觀察，值得印象派畫家拿來作為素材，讓人想起羅浮宮裡委拉斯奎茲[13]那幅〈小騎士〉（Petits Chevaliers），馬內[14]後來曾經描摹過這幅作品。）準確地說，沒有人看事物是看見其赤裸的現實。假如有一天我們看見事物赤裸裸的現實，那將是最後審判日，是天啟的時刻。就目前來說，只要我們的感知能力在想像構成的霧中至少讓我們看出世界的輪廓和骨幹，我們就認為自己對現實的感知是可靠的。絕大多數的人甚至連這個境界都達不到，他們活在言語和暗示之中，如同夢遊一般從人生匆匆行過，被自己的幻想所束縛。所謂的天才只不過是某個人具有的神奇力量，能夠稍微撥開這片迷霧，在迷霧後面瞥見一小塊未曾被發現的赤裸真相。

因此，結晶理論其實不僅適用於愛情。我們全部的精神生活都是程度不一的「結晶過程」，這絕非愛情所特有的現象。頂多只能推測結晶現象在愛情中特別常見，但這樣說也完全錯誤，至少就斯湯達爾所指的意義而言。比起政黨黨員、藝術家或商人所做的價值判斷，愛人者所做的價值判斷並不會更可靠。一個人在愛情中所做的判斷是遲鈍還是敏銳，大概就跟他平常對周圍的人所做的判斷一

13・Diego Velásquez（1599-1660），西班牙國王菲利普四世宮廷裡的首席畫家，尤其擅長肖像畫。

14・Édouard Manet（1832-1883），法國畫家，係由寫實主義過渡至印象主義時期的重要人物。

樣。大多數人在理解人類這件事上都很遲鈍，而事實上人類也是萬物之中最難以看透之物。

要推翻斯湯達爾的理論，單是指出顯然沒有結晶情形出現的例子就夠了。這些情況可說是愛情的範例，在其中雙方都神智清明，不會弄錯（在人類能力所及的限度之內）。要建立關於愛情的理論必須從解釋愛情最完美的形式著手，而不是一開始就先探討研究對象的病理現象。事實上，在好的情況下，男子並未把虛構出來的完美投射到女子身上，而是立刻在她身上發現了從前並不認識的美德。這恰好涉及女性的特質，而它們只要稍微有點獨特，怎麼可能會事先存在於一個男子的心中？或者反過來說，是女子在男子身上發現了想像中難以預見的男性優點。也許有可能預知在現實中尚未遇見的美德，這彷彿跟虛構相近，但跟斯湯達爾的想法並不相干。這一點很複雜，我們之後還會再談。

斯湯達爾的理論尤其有一個觀察上的重大錯誤。他顯然認為愛情必然會提升意識的活動，「結晶論」似乎意指愛情能增進精神能量，使其充沛飽滿、更加豐富精彩。關於這一點，我們必須勇敢地說出來：墜入情網是一種心靈貧乏的狀態，這種狀態窄化、限縮、麻痺了我們的精神生活。

我說的是「墜入情網」。為了指出關於愛此一主題的另外幾個無稽之談，我們在遣詞用字上必須做更清楚的劃分。「愛」這個簡單的字被用來指稱那麼多不同的現象，讓人大可懷疑它們彼此之間究竟有無共同之處。我們會說「對女性的愛」，但我們也會說「對上帝的愛」、「對祖國的愛」、「母子之間的愛」等等。同一個字涵蓋並指稱了各式各樣的情感。

在「對科學的愛」和「對女性的愛」之間可有任何基本的相似之處呢？如果把這兩種心靈狀態加以對照，就會發現它們所有的元素幾乎都不相同。儘管如此，兩者在一個成分上卻是一致的，仔細分析，就能從中把這個成分隔離出來。一旦把它跟這兩種心靈狀態中的其餘要素區分開來，就能看出愛的所有變異型態都有一個共同的核心，而只有這個核心才能在狹義上稱之為「愛」。為了實用，我們擴大了「愛」這個字的使用範圍，把「愛」用來指稱這整個心靈狀態，儘管這種狀態包含了許多其實不是「愛」的成分，有些甚至連感情也稱不上。

愛（意思是愛本身，而非一個人愛著某件東西時的整體心靈狀態）是一種純粹的情感行為，針對一任意對象而發，這個對象或許是一件事物，或許是一個人。作為情感行為，愛一方面不同於所有其他的認知行為，例如感知、注意、思考、回憶、想像，另一方面也不同於常跟愛混為一談的欲望。口渴的時候，我們想要一杯水，但我們並不愛這杯水。由愛固然會產生欲望，但是愛本身並不是欲望。我們渴望祖國能夠興盛，渴望能夠在祖國生活，「因為」我們愛祖國。我們的愛先於這些欲望，欲望由愛中產生，一如植物從種子發芽長出來。

作為情感行為，愛有別於情感的狀態，例如愉悅或悲傷。愉悅或悲傷猶如心靈所染上的色彩，我們感到愉悅或悲傷是在一種純粹的狀態之中。儘管愉悅可以引發行動，但愉悅本身並不含有動作。相反的，愛卻不只是一種狀態，而是一種朝向所愛之物的移動。我指的並非由愛所喚起的身體或精神上的移動，而是愛在本質上就是一種向外湧出的行為，我們在這個行為中努力迎向所愛的對象。就算我們在休息，就算我們與所愛的對象相隔千里，就算我們並未想著對方，當我們愛著這個對象的時候，還是會有一股無以名之的溫暖和肯定從我們這裡向他流去。如果把愛與恨加以對照，就能更清楚地看出這一點。跟感到悲傷不同，恨一個人或是一件事物不是一種被動的狀態，而可說是一種行動，一種否定對方的可怕行動，對於所恨之對象一種精神上的毀滅。若能明白有一些情感行為不同於所有其他的身體或精神行為，例如認知、追求、想望，這在我看來對於愛情的微妙心理學具有重大意義。當有人談到愛，他所描述的往往是愛的後果或是伴隨著愛而來的情況、愛的發生原因或是愛的成就。幾乎不曾有人以愛所獨具的本質來理解愛本身，亦即愛與其他心理現象不同之處。

現在我們似乎可以說在「對科學的愛」和「對一位女性的愛」之間有共同之處了。我們對自身以外的事物溫暖、肯定的參與，而且就只是為了該事物本身，這種情感行為既可以針對一片土地（祖國）而發，也可以針對另一個人或是人類的某一種活動（運動、科學等等）而發。我們應該再補充一點，只要不是純粹的情感行為，凡是讓「對科學的愛」跟「對一位女性的愛」有所差別的一切，在根本的意義上都不是愛。

在許多所謂的愛當中什麼都有，唯獨沒有真正的愛。有欲望、好奇、倔強、執迷、誠實的情感錯覺，唯獨少了那種對自身以外某件事物的溫暖肯定，不論那件事物對我們的態度如何。然而，我們也不可忘記，即便是在確實含有這種珍貴成分的愛當中，除了狹義上的愛之外，也還包含許多其他元素。

在廣義上，我們習慣把「墜入情網」稱之為愛，「墜入情網」是一種極度錯綜複雜的心靈狀態，在這種狀態中真正的愛只扮演著次要的角色。斯湯達爾指的是「墜入情網」，卻把他的書取名為《論愛情》，誤用了「愛」的廣泛意義，這就顯示出他在哲學思考上的侷限。

斯湯達爾的「結晶論」把「墜入情網」視為一種心靈活動的提升，而我想說的是，「墜入情網」其實是對意識的一種窄化和麻痺，在其掌控之下，我們的生命比起平常並未擴大，反而縮小了。下面我將進一步闡釋我的這個主張，從而勾勒出情愛萌發之心理學的輪廓。

「墜入情網」首先是一種注意力的現象。

在任何一個時刻，如果對自己意識的流動過程做突擊檢查，我們會發現在意識領域中有各式各樣內在與外在的事物。這些填滿我們心智空間的事物從來不是亂七八糟的一堆，而總是有一點最起碼的秩序，有等級之分。我們會特別關注其中一件，將之提高於其他事物之上，彷彿讓它在我們心靈的焦點中綻放光芒，讓它突出於其餘事物之上。注意某件事物是人類意識的一種本質，而意識無法在注意一件事物時不撇下其餘事物，於是其餘的事物就像劇場中的合唱或是一個背景，在當下處於次級地位。

由於每個人的世界都由數量眾多的事物所構成，而一個人的意識場域卻是有限的，所以各種事物可以說是在彼此競爭，爭相要取得我們的注意力。在根本的意義上，我們的心靈生活與精神生活就在這個明亮的場域裡進行。其餘的場域（我們意識到但並未加以注意的，還有潛意識的領域等等）只是一種潛在的精神生活，宛如一種準備，一間軍械庫或是儲藏室。我們可以把注意著事物的意識場域視為人格的根本空間，因此，當我們說我們在注意一件事物，就等於是說這件事物在我們的人格中占有一個特定的空間。

通常受到我們注意的事物只能暫時占據受到偏愛的中心位置，很快就會被擠掉，讓位給另一件事物。一般說來，我們的注意力會從一個對象轉移到另一個對象上，停留的時間或長或短，視其對我們生活的重要性而定。現在請想像一下，有一天我們的注意力麻痺了，只能停留在一個對象上。如此一來，世界的其餘部分就會被排除在外，在遙遠的地方，宛如不存在。由於完全缺少比較的可能，受到不正常注意的對象對我們來說就會變得異常巨大，大到完全填滿了我們的心智空間，大到對我們來說它就意味著整個世界，世界的其餘部分由於我們完全不加關注而不復存在。打個比方，這就像是用一隻手遮住眼睛，手雖然很小，卻足以遮住眼前的風景，占據我們的全部視野。相對於不受到注意的東西，那個受到注意的對象對我們來說更為真實，其存在更為強大，而不受注意的東西成為黯淡的背景在心智空間的邊緣等待，猶如鬼魅。由於受到注意的東西更為真實，自然也就更被看重，變得更有力量，也更重要，取代了黯淡下來的剩餘宇宙。

當注意力停留在一個對象上的時間和頻率超乎正常，我們就說那是種「著迷」。著迷之人是注意力功能出現障礙的人。幾乎所有的偉大人物都是著迷之人，只不過他們的狂熱和偏執所造成的結果讓世人覺得有用，或是值得欽佩。當牛頓被問及他是怎麼發現天體力學的，他回答：「日夜苦思。」這就是一個入迷之人的回答。事實上，最能說明一個人性格的莫過於此人注意力的表現。注意力在每個人身上都有不同的形體，因此，深思者習慣把注意力長時間停留在一個主題上，好找出該主題最隱密的魅力，社交名人則能夠輕易地把注意力從一個對象轉移到另一個身上，其輕易的程度讓習慣深思者頭暈目眩。相反的，深思者注意力移動的緩慢讓社交名人感到疲倦和厭木，深思者的注意力就像一張拖網從粗糙的海底緩緩拖過。此外，注意力最喜歡關注的對象也因人而異，這就決定了一個人性格的基本特徵。在談話中若是提到經濟，有的人就陷入冥想，彷彿神遊物外，另一些人的注意力則放在藝術上，或是與性有關的對象上。有句俗話說：告訴我你都吃些什麼，我就能說出你是什麼樣的人。我們也可以把這句話改成：告訴我你都注意些什麼，我就能說出你是個什麼樣的人。

再回到我們的主題上，我認為「墜入情網」是一種注意力的現象，一種出現在正常人身上的注意力異常現象。

「墜入情網」的開端就已經顯示出這一點。在社交場合中我們看見許多男男女女，在沒有好惡的情況下，每個男子和女子的注意力都平均地從異性身上掃過。基於昔日曾有的好感傾向、親友關係的狀況等等原因，一個女子的注意力也許會在這個男子或那個男子身上多停留一會兒，但是對其中一人的注意與對另一人的忽視，兩者之間的差距並不大。撇開這小小的差距不談，可以說這女子認識的所有男子都得到相等的注意，宛如他們全站在同一條水平線上。可是有一天，注意力的均等分配改變了，女子的注意力傾向於自動停留在其中一名男子身上，突然之間，她要很費力才能把思緒從他身上移開，而去關注其他人或其他事物。那條水平線被突破了，男子當中的一個走到前面來，現在他跟女子注意力之間的距離變近了。

「墜入情網」的開端其實就只是這樣：注意力在另一個人身上的異常停留。如果這名男子懂得利用自己的特殊地位，聰明地培養這種關係，接下來事情就會有如必然過程般地發展下去，無法阻擋。他會從那一排男子中凸顯出來，離他們越來越遠，在女子被迷住的心靈中占據越來越大的空間，而她無法再把目光從此人身上移開。其他的人、事、物會漸漸地被排擠出她的意識。不管墜入情網的她身在何處，不管她表面上在做什麼，她的思緒都會隨著本身的重力落在那個男子身上。反過來說，她要費很大的力氣才能把自己的注意力暫時拉回來，而去關注生活中其餘必須處理的事。

也就是說，墜入情網並不會使我們的心靈生活更加豐富。正好相反，之前占據我們心思的事物會漸漸被排除在外，意識的注意範圍縮小，只剩下一個對象。注意力有如麻痺了一般，不再從一件事物移到另一件事物上。注意力不再移動，僵住了，成為單單一個人的俘虜。柏拉圖說這是「神聖的瘋狂」（稍後我會解釋這誇張而令人訝異的「神聖」二字是怎麼來的）。

不過，墜入情網之人卻覺得自己的精神生活變得更加富饒。他的世界由於範圍受限而被壓縮了，他心靈的全部力量都湧向唯一的點，這讓他誤以為自己的生命得到超乎尋常的提升。

同時，把注意力專注於所偏好的對象上會使對方的美好特質顯現出來。這並非指我們會虛構出對方的完美之處（我已經說過，這種情形固然可能發生，但不同於斯湯達爾錯誤的想法，這既非必然，也不重要）。只是比起未動感情之人，戀愛中人把所愛的對象看得更清楚，對他來說，那個對象彷彿挪進了一道光裡，向他顯露出自己最不為人所知的優點。對於意識來說，注意力如此熱切而固執地關注的對象必然會漸漸具有一種無可比擬的現實力量。那個對象總是在那裡，在我們身邊，其存在比起任何事物都更鮮明。由於注意力被綁在所愛之人身上，其他的一切需要我們費力地把注意力轉移過去，才會進入意識中。

由此即可看出墜入情網與神祕主義的熱情之間有相似之處。神祕主義談到「上帝的臨在」，這不只是一種說法而已，而是事實如此。靠著祈禱、沉思冥想和呼喚，對神祕主義者來說，神成了一種實在的對象，永遠不會從他們的意識中消失。神之所以永遠在他們的意識中，正是由於他們的注意力從不曾從祂身上移開。注意力的任何移動都會讓他們重新回到對神的想像上。神在神祕主義者意識中的持續臨在可說是無所不能。同樣的現象也會出現在不斷思索著一個問題的學者身上，或是滿腦子都是他所虛構出來的人物的作家身上。所以巴爾札克在跟別人談事情時，會突然冒出一句：「好吧，讓我們回到現實裡，來談談賽查・皮羅多[15]這個人吧。」同樣的，對於墜入情網的人來說，他所愛之人永遠臨在，而且無處不在，彷彿全世界都被納入他所愛之人中。基本上，對於墜入情網的人來說，世界根本不存在。所愛之人排擠了世界，取代了世界。因此在一首愛爾蘭民謠裡，戀愛中人說：「愛人啊，妳是我的世界。」

且讓我們把這種浪漫的表白擺在一旁，而在「墜入情網」中看出一種次級的精神狀態，一種暫時的痴愚。我要再重複一次，在此我指的不是嚴格意義上的「愛」，而是「墜入情網」。如果沒有這種心智上的僵化，如果我們的平常世界沒有限縮，我們就無法墜入情網。

各位可以看出，這種對愛的描述跟斯湯達爾所謂的愛正好相反。「結晶論」認為愛在所愛的對象身上添加了許多東西，但其實不然，當我們墜入情網，我們把所愛之對象以不正常的方式隔離出來，為了這個對象而忘了世界，如同一隻雞站在一道將牠催眠的粉筆線之前，呆若木雞，動彈不得。

我這樣說並非要貶低愛的偉大現象，愛的現象有如閃電一般，在各個民族和

15・César Birotteau 係巴爾札克小說《賽查・皮羅多盛衰記》中的人物。

人類的命運中神奇地閃現。愛是無比高貴的創造，是心靈和身體共同參與的美好成就。但我們不能否認，愛在萌發之時必須倚靠許多機械化的次等過程，這些過程缺少真正的精神成分。愛的確十分珍貴，但愛的每一項先決條件都笨得可以，而且是以機械化的方式進行。

例如，凡是愛情都跟性本能有關。愛情把性本能當成一種原始力量來使用，一如駕駛帆船的人利用風力。「墜入情網」就屬於沒有精神成分的機械式過程，隨時準備好盲目地啟動，被愛情所利用，被愛情這個優秀的騎士所駕馭。別忘了，若沒有無數低層次的機械化過程來效勞，我們所看重的高層次精神生活就不可能存在。

所謂的「墜入情網」是精神窄化的狀態，是一種心理上的狹心症，這種狀態一旦發生在我們身上，我們就沒救了。在頭幾天我們還能夠掙扎，可是當投注在一名女子身上的注意力越來越大，對宇宙中其餘的人、事、物越來越不感興趣，當注意力不成比例的分配超過某種程度，我們就再也無力阻止這個過程。

注意力是一件高尚的工具，可以調節我們的精神生活。注意力一旦麻痺，我們就毫無移動的自由。若想拯救自己，必須再度擴展我們的意識場域，為了達到這個目的，必須把新的對象納入意識中，奪回所愛之人占據的優先地位。假如我們在墜入情網的病態中突然能夠以正常的注意力來看待所愛之人，就能打破那股魔力。但是要這麼做，必須把注意力轉移到其他事物上，亦即走出完全被所愛之人占據的意識。

墜入情網讓我們進入了一個密閉的場域，世界的其餘部分都無法滲透。任何外在事物都無法擠入，從而打開一道縫隙，讓我們藉此逃出去。墜入情網之人的心靈聞起來就像有霉味的病房，也像不流通的空氣，從同一個肺裡吐出來，然後再吸進去。

因此，凡是墜入情網都有走火入魔的可能。如果任由該狀態自行發展下去，它就會越演越烈，直到可能的最大限度。

兩性中的「征服者」都很清楚這一點。一個女子的注意力一旦專注在一個男子身上，他就能輕易地占據她的所有思緒。他只需要玩玩一收一放、忽冷忽熱、一會兒出現一會兒消失的簡單遊戲就夠了。這種技倆對女子的注意力所起的作用就像一個抽氣泵，最後讓其餘的世界在她心裡完全消失。西班牙文裡說「吸光了理智」（sorber los sesos）真是貼切。絕大部分的愛情關係都侷限在玩弄對方注意力的機械式遊戲中。

唯有旁人的重重搖撼才救得了墜入情網之人，類似一種被朋友強迫接受的治療。很多人都曉得距離和旅行能夠有效治療墜入情網之人，這是讓注意力恢復正常的藥物。遠離所愛之對象讓我們的想像力得不到養分，無法從所愛之人身上得到新印象來維持我們的注意力。藉由旅行我們被迫走出自我，必須解決千百種小問題，脫離了日常生活的框架，接觸到種種新鮮的事物。於是旅行突破了那個魔箍，在我們被隔絕的意識上打開缺口，正常的觀點得以隨著新鮮的空氣從這個缺口鑽進來。

現在或許有讀者想要反駁說，在生活中，也會有緊急而嚴重的事務以超乎尋常的程度抓住我們的注意力，例如政治或經濟方面的事務。如果我們把墜入情網定義為注意力專注於另一個人身上，就無法跟生活中的其他情況區隔開來。

然而，這兩者之間有根本上的差異。在墜入情網時，注意力是自動自發地凝聚在另一個人身上。相反的，在處理事務時，注意力是被迫停留在那上面，並不符合注意力本身的興趣。我們擺脫不了這些必須處理的事務，而這幾乎算得上是眾惡之源。在六十年前，馮特[16]首先將主動跟被動的注意力加以區分。如果街上有槍聲響起，所引起的就是被動的注意力。那個不尋常的聲響鑽進我們的意識中，迫使我們去注意。相反的，並沒有什麼東西強迫墜入情網之人去注意所愛之人，他的注意力是主動地投向所愛的對象。

假如從心理學的角度謹慎地分析這個問題，其實還應該要提到一個特殊的矛盾情況，在此情況中，我們的注意力被抓住既是出於興趣，也是出於被迫。不過，在此姑且擱置不談。在正確理解的情況下，我們可以說凡是墜入情網之人都是自己想要墜入情網。這一點就把墜入情網跟病態的執迷區分開來，墜入情網畢竟還是一種正常的現象。執迷之人眷戀其執念不是出於本身的興趣，這種情況可怕之處在於，執念在他的意識中具有被外力強加而來的性質，彷彿來自一個不知

16．Wilhelm Maximilien Wundt（1832-1920），德國心理學家、生理學家與哲學家，被稱為實驗心理學之父，現代心理學的奠基者之一。

名、不存在的「他人」。

除了墜入情網之外，只有在一種情況下，我們的注意力是出於本身的意志而緊緊凝聚在另一個人身上，那就是恨。愛與恨在各方面都是兩個敵對的孿生子，相同而又對立。一如愛會油然而生，恨也會油然而生，而且發生的次數同樣頻繁。

當我們從愛情中醒來，會有大夢初醒的感覺，宛如走出了夢境的深谷。而我們意識到正常的視野變得寬廣，空氣也變得流通，明白心靈在愛情中所承受的隔絕和貧乏。如同大病初癒之人，我們還會有一段時間覺得恍惚、敏感而憂鬱。

墜入情網的過程一旦展開，就以極端單調的方式進行。任何人墜入情網的方式都一樣，不分智愚，不分老少，不管是小市民還是流浪漢都一樣。由此就證明了過程的機械性。

在這個過程中，唯一不完全是機械性的只有其開端，因此它格外引起愛情心理學家的好奇。是什麼讓一個女子的注意力緊緊繫在一個男子身上，又是什麼讓一個男子的注意力緊緊繫在一個女子身上？相對於那一整排被視若無睹的其他人，是哪些特質讓一個人獲得這種特殊待遇？這無疑是最有趣的問題，但也非常錯綜複雜。因為儘管所有人墜入情網的方式都一樣，他們愛上的對象卻不相同。沒有一種完美能夠讓所有的人為之著迷。

哪些特質能喚醒愛情，愛情上的偏好又有哪些不同的種類？在處理這個棘手的問題之前，我想先指出在麻痺注意力這項特質上，墜入情網跟神祕主義以及催眠狀態之間的相似之處令人驚訝，尤其是與後者的相似之處具有重大意義。

墜入情網、出神與催眠

當主婦發現家中女僕開始忘東忘西，就知道她愛上了某人。那個可憐的女孩無法自由自主地把注意力放在周遭事物上，她神情恍惚，若有所思，在內心端詳著所愛之人的影像，那個影像總是在她心裡。這種若有所思使得墜入情網之人看起來像個夢遊者、夜遊症患者，像個「著了魔的人」。事實上，墜入情網的確是一種著魔的狀態。崔斯坦所喝的愛情藥酒一向是種象徵[17]，暗示著「愛」的過程。

日常生活用語反映出人類幾千年的觀察，其中藏著與心靈有關的知識寶藏，極為準確，而且尚未被挖掘。愛所喚醒的感覺總是被稱為「蠱惑人的魔力」，這個說法來自施加於所愛之人身上的黑色魔法。由此可以看出，眾人創造的語言點出了墜入情網之人所陷入的非常狀態。

最古老的詩句是咒語，被稱為cantus和carmen。有魔力的行為和其結果稱為incantatio，西班牙文中的encanto就是源自於此，意思是「令人著迷」，法文中的

charme則來自carmen，意思是「魅力」。

不過，就算墜入情網一向和魔法有關，在我看來，墜入情網跟神祕主義之間的相似之處要比大家所想的更為深刻。不同時代的神祕主義者都使用與情愛有關的語彙和意象，這種驚人的一致性早該讓人發現二者本質上的近似。凡是研究神祕主義宗教現象的人全都注意到了這一點，卻認為只要將它解釋為隱喻即已足夠。

大家看待隱喻就跟看待時尚一樣，認為只要把一件事實歸類為隱喻或是時尚，事情就解決了，不需要再加以深究。其實隱喻和時尚跟其他現象一樣，具有同樣的現實內涵，也遵循同樣嚴格的法則，就跟天體運行於其軌道上一樣。

雖然研究神祕主義的學者都曉得神祕主義者經常使用與情愛相關的語彙，卻沒有人注意到一件與此現象互補的事實，亦即墜入情網之人也喜歡使用宗教的詞彙。柏拉圖認為愛是一種「神聖的瘋狂」，而戀愛中人都「膜拜」其愛人，在她

17．在華格納歌劇《崔斯坦與依索德》中，崔斯坦與依索德因誤喝了愛情藥酒而陷入熱戀。

身邊覺得「如在天堂」，諸如此類。愛與神祕主義之間語彙的交換使用不免讓人揣測兩者有著深刻的共同點。

事實上，就心靈的運作方式而言，神祕主義的經驗跟墜入情網很像，就連在令人疲乏的單調上也相同。一如所有戀人都以同樣的方式墜入情網，不同時代、不同國家的神祕主義者也在相同的軌道上運行，而且嚴格說來，他們所說的事情也相同。

拿一本神祕主義的書籍，不管是來自印度、中國、古埃及、阿拉伯、德國或西班牙，它都是一種進入樂土的指南，一種將心靈領向神的引導。其過程和工具總是相同，只有外在和細節上有所差異。

教會對神祕主義者向來沒有什麼好感，這一點我能理解，也有同感。教會似乎是害怕這些心靈的冒險家會有損宗教的聲譽。出神之人心智不夠清明，也缺少節制，跟發狂之人相差無幾。他與神之間的關係具有狂歡的面貌，跟真正神職人員嚴肅的喜悅相違背。至於儒家的士大夫對道家的神祕主義者也有相同的輕視，就跟天主教的神學輕視有天啟經驗的修女一樣。凡是狂熱的心靈都會偏好神祕主義者的混亂和心醉神迷，勝過神職人員（亦即教會）清晰而有秩序的理性。我很抱歉，在這一點上我也無法認同狂熱的心靈，原因即在於真實性的問題。我覺得任何一派神學都能教給我們更多關於神的事，讓我們對神性有更清楚的概念和認知，超過所有神祕主義者一切出神經驗的總和。因為與其對出神之人抱持著懷疑的態度，不如先聽聽他所說的話，體會他沉浸於天堂之後帶回來的經驗，再看看他的收穫是否值得費那個力氣。而事實是，如果我們隨著神祕主義者踏上他那莊嚴的旅程，就會發現他其實說不出什麼有意義的話來。我認為歐洲的心靈即將出現一種新的神的經驗，並對這種最重要的經驗有一番新的理解，但我認為這不會藉由神祕主義的地下幽徑，而將在推理思考的光明大道上發生，亦即透過神學，而非出神。

不過，還是讓我們再回到原先的主題上吧！

神祕主義也是一種注意力的現象。神祕主義的技巧第一步就是把我們的注意力專注於某件東西上。專注於什麼東西上呢？最有智慧、最高尚也最嚴格的瑜珈出神技巧大方地揭露了一切步驟的機械化性質。瑜珈的技巧對這個問題的答案是：專注於任何一件東西上。也就是說，這個體驗並非取決於所專注的對象，也不是受到對象的驅使，對象只是充當一個藉口，好讓心靈保持在一種不尋常的狀態。神祕主義要人把注意力專注於一件東西上，純粹只是作為一種手段，好把其餘的世界排除在外。在通往神祕經驗的路上，首先要放空我們的意識，放掉意識中平常所含有的各種事物，這些事物讓我們的注意力在正常狀況下容易移動。因此，聖十字若望[18]認為「安靜的屋子」是之後每一步進展的起點。要麻痺欲望和好奇心，聖女大德蘭[19]說要「放掉一切事物」，「讓心靈掙脫」，亦即切斷把我們與世界相連的纜繩，以便「沉入」唯一一件事物當中。同樣的，印度教的神祕主義入門也訂出了這樣的條件：「無視花花世界，無視差異」。

平常我們的心靈在許多事物之間游動，唯有把注意力集中在一件事物上才能驅逐這些事物。印度人稱這種練習為遍禪（Kasina），可以用任何一物作為對象。舉例來說，沉思者在身邊放一塊黏土板，然後坐在旁邊加以凝視；或是從高處向下注視溪水的流動；或是觀察池塘裡光線的反射；或是升一堆火，在火堆前面放一個屏風，在屏風上鑽一個洞，透過那個洞凝視火焰，諸如此類。所有這些練習都是為了達到前文中提到的抽氣泵的效果，墜入情網之人就是藉由這種抽氣泵來「吸光彼此的理智」。

如果沒有事先把心靈清空，就不會出現神祕主義的出神狀態。聖十字若望說：「因此神命令，放置祭品的祭台應該要是中空的，好讓心靈明白神希望心靈裡空無一物。」要避開神之外的一切，德國一名神祕主義者的說法更為有力：「我回到出生之前。」而聖十字若望自己說得很美：「我卸下了一切憂慮。」

接下來是最令人吃驚的部分。神祕主義者向我們保證，一旦心靈把所有其他的東西清空，神就會出現在面前，神就會充滿心中。意思是神就存在於這種空無之中。因此，艾克哈特[20]說到「神之沉默沙漠」，聖十字若望則說到「心靈的黑夜」，雖然黑暗卻又充滿了光，由於滿到只有光，這光碰不到任何東西，遂變

18‧San Juan de la Cruz（1542-1591），西班牙神祕主義者，天主教改革的重要人物，其詩歌被視為西班牙神祕文學的傑作。

19‧Saint Teresa of Ávila（1515-1582），西班牙神祕主義者，加爾默羅修會的改革者，強調默禱與沉思的神學家。

20‧Meister Eckehart（1260-1328），德國神祕主義者、神學家及傳道者。

成黑暗。「此即經過淨化的心靈所擁有的，心靈除去一切偏好與認知，無所謂欣喜，也無所謂理解，停留在空無、陰影與黑暗之中，敞開心靈來包含一切，達成宗徒保祿所謂的『似乎一無所有，卻擁有萬有』的狀態。」在另一處，聖十字若望以動人的措辭把這種飽滿的空無、明亮的黑暗稱為「有聲的孤寂」。

由此可見，神祕主義者就跟墜入情網之人一樣，藉由把注意力專注於一個對象上，來製造出那種異常的狀態，該對象最初的作用只在於把注意力從其他所有的事物上移開，讓心靈能夠處於空無的狀態。

因為，當神祕主義者無視於其他一切事物，獨獨把目光望向神，這還不是神祕主義道路上最隱密的「樓台」，最高的山峰。我們可以注視的神並不是真的神。神若是有界限、有形象、有特質，可以成為注意力專注之對象，就跟世上的事物太過相似，不可能是真正的神。因此，神祕主義者的書中才會出現令人感到矛盾的教導，向世人保證最高的境界乃是「連神也不想」。他們這樣說的理由很清楚：藉由「想著神」、「沉入神之中」會達到一個瞬間，在那一瞬間，祂不再位於心靈之外，不再與心靈有所分別，不再是與心靈相對的外在之物。也就是說，祂不再是外在之物，而成了內在之物。神進入了心靈中，與心靈揉合在一起，或者反過來說，心靈在神中溶解，不再感到祂與自己有別。這就是神祕主義者所追求的「與神聯合」。聖女大德蘭在《七寶樓台》（*Morada Septima*）裡說：「心靈與神合而為一，我指的是心靈的精神。」不過，別以為神祕主義者只把這種合而為一當成轉瞬即逝的經驗，一種獲得之後旋即失去的感覺。一如墜入情網之人真誠地誓言此情永不渝，出神之人同樣徹底而持久地體驗到這種合而為一。聖女大德蘭特別強調兩種融合之間的差別：其中一種「就像兩支非常靠近的蠟燭，近到燭光合而為一……但是之後其中一支蠟燭還是可以跟另一支分開，它們仍舊是兩支蠟燭。」另一種則「像雨水從天空落進河水或泉水中，所有的水成為一體，無法再把河水跟從天而降的雨水分開；也像是一條小溪流入大海，無法再把溪水分隔出來；又像是一個房間裡有兩扇窗，光線透過窗子照進來，儘管是分別從兩扇窗戶，進來之後就合為一道光線。」

與神合而為一是最高的境界，相形之下，神仍舊只是心靈想望對象的狀態就略遜一籌。對於這一點，艾克哈特說得很好：「真正擁有神是在心靈之中，不在於規律而持續地想著神。人不能只擁有一個被想著的神，因為一旦思緒停止，這個神也就不復存在。」因此，神祕主義經驗的最高境界是當人像一塊海綿一樣吸滿了神。在這之後，此人可以再回到世上，去關心俗世的煩惱，因為此時他有如神的傀儡，他在世間的欲望、動作和行為不再屬於他。他所做的和遭遇的事都不會擾亂他，因為「他」並不在這世間，不在自己的欲望和作為之中，他受到保護，一切的印象都無法進入他心中。他真正的人已經到神那裡去了，溶入神之中，留下來的只是一個機械般的人偶，一個由神所操縱的「受造物」。（神祕主義發展到了顛峰總是涉及寂靜主義[21]。）

在「墜入情網」的過程中，也有與此相對應的極端情況。當所愛之人有所回應，就會出現一個「融為一體」的階段，一個「溶入對方」的階段，在此階段中，雙方都把自己的生命之根移植到對方身上，生活、思考、欲望、行為都不是出於本身，而是來自對方。墜入情網之人也不再想著所愛之人，因為他已經跟對方合而為一。就跟所有的內心狀態一樣，這狀態從肢體動作中就能看得出來。固著、入迷、眼裡只有對方的階段符合沉醉和專注的態度，此時所愛之人仍然存在於墜入情網之人以外。在這個階段，他目不轉睛，目光僵直，頭部垂到胸前，如果可能的話，身體會蜷縮起來，似乎想努力把身體變成某種向裡面凹陷的東西。在封閉的注意力裡，我們苦思著愛人的形象。可是一旦達到愛的出神狀態，愛人成為我的一部分，或者應該說她就是我，而我就是她，此時臉上就會出現迷人的光采，洋溢出無上的幸福。目光變得柔和，輕巧地從其他事物上掃過，但並未在任何一物上停留，與其說是看著那些事物，不如說是慈祥地用眼神加以愛撫。同樣的，雙唇微啟，露出微笑，笑意不斷溢出。這是傻子的表情，也是入迷之人的表情。由於意識內外都沒有可注意的對象，意識失去了自制力，我們覺得輕鬆，像在漫遊，我們所有的活動僅限於任由煙霧從我們的心靈朝著太陽冉冉上升，一如水氣從一片靜止的水面上升一樣。

　　這就是「得到恩寵的狀態」，是墜入情網之人與神祕主義者共同之處。生活和世界不論好壞都與他們無關，對他們來說不再是問題。在正常情況下，我們

21・Quietism 係一種極端神祕主義的宗教思想，認為修行的最高境界是絕對寂靜，摒除外務，與神合一。

所做的和遭遇的事會影響我們的內心深處，成為令我們害怕、煩惱的問題。所以我們會覺得自己的生命是一種需要辛苦平衡的重負。可是，一旦我們把深處的生命核心移到另一個生命中，移到位於世界之外的另一個領域中，這世界發生在我們身上的事就失去了力量，不再對我們起作用，彷彿被括在括弧裡。當我們在事物之間移動，我們覺得自己輕飄飄的，毫無重量。彷彿有兩個世界存在，它們有著不同、卻又互相滲透的空間，神祕主義者只是表面上還活在塵世，他真正的生活卻在另一個領域中進行，在那裡只有他和神同在。奧古斯丁在其《對話錄》裡說：「我想認識神和靈魂。」「沒有別的了嗎？」「沒有別的了。」同樣的，墜入情網之人也是以這種狀態活在世人之中，世人只能微微接觸到他感受的表層，對他而言不具有什麼意義。他決定自己的生活與世上一切無關，也認為將永遠如此。

不管是神祕主義，還是愛情，在這種「得到恩寵的狀態」中，生活失去其沉重與苦澀。懷著王侯的慷慨寬容，這個幸福的人對著周遭的一切微笑。不過，王侯的慷慨寬容是廉價的，不費什麼力氣，這是一種談不上慷慨的慷慨，而且是出於蔑視。自認為高人一等的人之所以對於無害的較低等人友善，只是因為他不跟他們來往，不跟他們生活在一起。最大的蔑視不是高傲地指責別人的缺點，而是高高在上地以幸福的眼光去看他人。因此，在神祕主義者以及心滿意足的情人眼中，一切都很美，一切都值得去愛。因為，當他在出神之後再回來觀察事物，他看到的不是事物的本象，而是映象，映照在對他而言唯一存在的事物上：神或是所愛之人。他用這面奇妙的鏡子來觀察事物，這面鏡子會添上事物所缺少的美。如同艾克哈特所說的，放棄萬物的人將在神之中重得萬物。就像一個人背對著一片風景，卻發現那片風景倒映在大海平滑的表面上。亦如聖十字若望的有名詩句：

滿溢著神的恩寵
他匆匆行過樹叢
只朝向那片光亮
來自他純淨面容

偉大的神美化了萬物

神祕主義者如同吸滿神的一塊海綿，把自己稍微壓靠在萬物之上，神就流淌出來，賦予萬物光澤。愛中之人亦然。

但是，若要感謝神祕主義者或墜入情網之人這種寬容慷慨的話，那就錯了。他讚美別人是因為基本上他不在乎他們，他只是從他們之間穿過。其實這些事物若是耽擱了他太多時間，對他而言就是種打擾，像民眾的崇敬之於王侯。聖十字若望很精彩地表達出這一點：

愛人，把它們挪開！
我的行走如同飛翔。

此種「得到恩寵的狀態」的幸福之所以出現，都是因為那人置身於世界之外，也置身於自身之外。這是ex-tasis（出神）一字的字面意義：在（自己和世界）之外。在此我想指出世人有兩種基本類型：一類人覺得幸福乃是忘我，另一類則正好相反，他們在感覺到自我時覺得富足。要讓自己處於忘我狀態有種種不同的方法，從烈酒到神祕主義的出神；同樣的，能夠讓我們感覺到自我的方法也很多，從洗澡到哲學。這兩類人在生活的各個領域都截然不同。對於忘我之藝術的擁護者來說，審美的享受在於心靈的悸動。對於另一類人來說，要體會真正的藝術經驗必須保持精神的平靜，以便我們做出清晰冷靜的觀察。

有人問法國詩人波特萊爾[22]他最想在哪裡生活，他說：「任何地方……只要不是在這世上。」這是一個追求忘我之人的回答。

一心追求忘我導致各種形式的放縱：酒醉、神祕主義、墜入情網，諸如此類。我的意思並不是它們都具有同等的價值，只是要指出它們都來自同一個枝幹，根源是縱欲。人企圖擺脫感受到自我時的沉重，藉由逃進另一個存在之中，希望從那裡得到保護和帶領。因此，神祕主義與愛情都使用劫持和誘拐的意象，

22．Charles Baudelaire（1821-1867），法國詩人，象徵派詩歌的先驅，詩集《惡之華》為其代表作。

這也不是偶然。被誘拐意味著並非用自己的腳行走，而是被某人或某物帶著走。劫持是愛情最原始的形式，在神話中以半人馬的形象保存下來，半人馬追獵仙女，把她們扛在自己的背上。

在羅馬的婚禮儀式中仍保留著誘拐風俗的餘緒。新娘不是用自己的腳走進屋裡，而是由新郎抱進去，讓她的腳不碰到門檻。神祕主義修女的恍惚出神以及墜入情網之人的失神是此一現象象徵性的昇華。

催眠是人類心理另外一種異常狀態，如果我們把出神與「愛」拿來跟催眠做比較，那麼前兩者之間出人意料的類比就顯得更為嚴肅。

一再有人指出神祕主義與催眠之間驚人的相似之處。兩者都會出現精神恍惚和幻覺，甚至在身體上出現相同的副作用，例如失去知覺和強直性昏厥。

另一方面，我一直猜測在催眠和墜入情網之間有特別相近之處，但我從不敢把這個想法說出來，我之所以這樣猜測，是因為我認為催眠也是一種注意力的現象。不過，據我所知，還不曾有人從這個角度來研究催眠，儘管從心理層面來看睡眠顯然跟注意力的狀態有關。克拉帕雷德[23]在許多年前指出，我們能否入睡取決於我們是否能不在乎周圍所發生的事，而把注意力關掉。凡是有助於入睡的技巧都在於把注意力集中在某個對象或機械性的活動上，像是數羊。正常的睡眠就跟出神一樣在某種程度上是一種自動催眠。

不過，當代最敏銳的心理學家席爾德[24]就認為催眠與愛情之間極為相似。我將試著敘述他的想法，雖然他的出發點跟我大不相同，但他的想法可以補足關於墜入情網、出神狀態與催眠三者關係的研究。

墜入情網與催眠之間第一組相似之處如下：

導入催眠狀態的那些操縱手法都具有性的意義：有如愛撫一般溫柔地撫摸被催眠者的雙手，懇切而令人安心的言語，懾人的目光，有時候還加上帶有命令的手勢和聲音。接受催眠的女性在進入睡眠狀態或是剛醒過來時，往往會流露出性興奮或性滿足時特有的恍惚眼神。被催眠者常說自己在那種恍惚狀態中感覺到一

23・Edouard Claparede（1873-1940），瑞士精神病學家、兒童心理學家和教育學家。

24・Paul Schilder（1886-1940），奧地利精神病學家與心理學家，首創以心理學及社會學的觀點來研究身體意象。

種溫暖、舒服的美妙感覺，也有不少人明白說出有性的感受。這種愛意是針對催眠者而發，有時候被催眠者會毫不掩飾地把催眠師當成求愛的對象。偶爾被催眠者的性幻想會混合成錯誤的記憶，從而指控催眠者對他們非禮。

在動物界的催眠術中也有類似的情況。有一種學名為galeodes kaspicus turkestanus的蜘蛛品種，母蜘蛛會吞食追求牠的公蜘蛛。唯有當公蜘蛛用牠的螯掐住母蜘蛛腹部的一個特定部位，母蜘蛛才會一動也不動地任由公蜘蛛完成交配的過程。

在實驗室裡，只要碰觸母蜘蛛腹部這個部位，就能重複麻痺的過程，母蜘蛛會立刻進入一種催眠的狀態。不過，值得一提的是，只有在母蜘蛛的發情期才能獲致這個結果。

在進行上述觀察之後，席爾德得出結論：這一切讓人不由得揣測，人類的催眠也有輔助性慾的功能。接著他不可免俗地轉入心理分析，沒有對催眠與「愛」之間的關係作更進一步的說明。

對我們來說，他對被催眠者心靈狀態的描述比較具有啟發性。根據席爾德的說法，在催眠中意識回復為兒時狀態，被催眠者樂意委身於另一人，在他的權威下休憩。如果沒有這樣一種關係，催眠師就不可能影響被催眠者。因此，凡是能夠提升催眠師權威的事物（例如名望、社會地位、有威嚴的外貌）都能讓他更容易施展催眠術。另一方面，如果一個人不想被催眠，催眠就無法進行。

這些敘述可以全盤套用到墜入情網的現象上。之前我曾指出，墜入情網也總是當事人自願的，而且包含委身於另一人以及在對方那裡休憩的願望，此一願望本身就讓人感到幸福。至於回復到相當於兒時的精神狀態這一點，可與我稱之為「意識的窄縮」相提並論，亦即注意力範圍的縮小與貧乏。

我不懂席爾德何以一字未提注意力的運作，催眠的技巧明明就在於讓注意力集中在一件物體上，例如一面鏡子、一個鑽石稜角或一道光線。不同性格的人適合接受催眠的程度，就跟他們墜入情網容易的程度相當。

因此，在其他條件不變的情況下，比起男性，女性是較佳的催眠對象，而女性也比男性更容易真正墜入情網。不管還有哪些理由可以解釋這件事，主要的原因無非是兩性的心靈注意力結構不同。在相同的條件下，比起男性的心靈，女性的心靈比較容易窄縮，理由很簡單，因為女性的心靈更能收攏在一起，更為專注，也更有彈性。之前我已經提過，注意力的職責在於給予心靈一個架構、一種劃分。高度統一的心靈才會有高度統一的注意力。可以說，女性的心靈只繞著一個注意力的軸轉動，在她生命的每一階段，這個軸都只停留在一個對象上。要將她催眠，或是使她墜入情網，只需要抓住她注意力的這個軸。相對於女性心靈集中的結構，男性的心靈總是有好幾個中心。就心智而言，一個男人越是男性化，他的心靈就越是分散，彷彿被分成各自隔開的抽屜。男性的心靈總有一部分完全獻給政治或事業，另一部分充滿求知上的好奇，再有一部分則是情愛的想像。男性缺少將注意力統一的傾向，導致他們的注意力極其分散，指向各種不同的方向。男性習慣生活在這樣多樣化的心靈狀態中，生活在許多不同的精神領域裡，而它們彼此之間並沒有什麼必然的關連，因此，如果有人在其中一個領域截獲他們的注意力，其實沒有什麼用，因為他們在其他領域裡仍然繼續不受阻攔地自由活動。

戀愛中的女子清楚感覺到她所愛的男子從不曾完全在她身邊，這一點往往令她氣惱。她發現他總是有點心不在焉，彷彿他在到她這兒來的時候，把心靈遺落在世界各地。反過來說，凡是感覺敏銳的男子想必不止一次感到慚愧，因為他無法像女性一樣無條件地委身、全然地在場。因此，男性在愛情中總是自覺笨拙，達不到女性懂得賦予愛情的那種完美。

據此，同一個原理就足以解釋女性對神祕主義、催眠和墜入情網的傾向。如果再回到席爾德的研究上，就能看出他在愛情與催眠的相似上加了一個值得注意的重要事實，這事實具有生理的性質。

催眠的睡眠說到底跟正常的睡眠沒有兩樣，因此，一個想睡覺的人是催眠的絕佳對象。睡眠功能似乎和大腦皮質的某部位之間有著密切的關係，亦即所謂的第三腦室，睡眠障礙與嗜睡性腦炎都與這個器官的變化有關。席爾德認為催眠的生理基礎就在於此。但是第三腦室同時也是「性慾的節點」，許多性障礙都源於這個部位的病態變化。

我並不怎麼相信心理現象與大腦中特定部位的關連。要相信一個腦袋被砍掉的人無法再思考和感覺，這很容易，可是如果我們想把每一種心理功能在大腦中的位置找出來，這就不容易了。這種企圖注定要失敗，而最簡單的原因在於我們對於各種心理功能之間的關連、進行時的秩序以及相互依賴的關係所知不足。我們在描述時可以很容易地把一項心理功能隔離出來，稱之為看、聽、想像、回憶、思考或注意；可是我們不知道在「看」之中是否已經摻有「思考」，也不知道「注意」是否涉及「感覺」，或是「感覺」也涉及「注意」。如果各種功能之間沒有確切的劃分，那麼要分別標出它們在大腦中的位置就很困難。

然而，這份懷疑應該要鼓勵科學家進行更深入、更嚴謹的研究。例如，依照席爾德的說法，睡眠、催眠與愛情共用一個大腦皮質部位，那麼研究大腦的科學家就該檢查注意力是否會在這個大腦皮質部位引起任何直接或間接的反應。由於催眠、愛情與出神之間存在著密切的相似之處，可以推測出在神祕主義的出神狀態中也有第三腦室的參與。倘若果真如此，那麼在出神之人的自白與神祕主義的敘述中何以一再使用與愛情有關的詞彙，這個問題就能得到最終的解答。

心理學家阿勒斯[25]在馬德里的一場演講中表示，他不認為神祕主義是源自於兩性之愛，或是兩性之愛的一種昇華。我認為他的看法十分正確。

神祕主義過去喜用的情愛理論充滿令人厭煩的陳腔濫調。不過，對我來說，問題不在這裡。我並未宣稱神祕主義是源自於「愛」，只表示兩者有共同的根源，而且兩種心靈狀態類似。意識在這兩種狀態中的表現形式幾乎相同，也在感覺中喚起同樣的共鳴，神祕主義與愛情的詞彙都在傳達這種共鳴。

在這一章的最後，我想再次提醒讀者，我在此章中所描述的只是整個愛的過程中一個特定階段，亦即「墜入情網」。至於「愛」則是人類更深、更廣、也更嚴肅的一項成就，但相形之下比較不激烈。凡是愛都會經過「墜入情網」的熾熱，相反的，在「墜入情網」之後不見得必定會有真愛發生，所以切勿把部分跟整體混為一談！

世人喜歡用愛情的激烈程度來衡量愛的價值，本章就是為了駁斥這種普遍的錯誤而寫。激烈是「墜入情網」的特質，跟愛本身無關，而墜入情網是一種次級的心靈狀態，接近機械化，即使沒有愛的真正參與也能產生。

愛情之不夠激烈的確有可能是源自於當事人的軟弱。不過，撇開這種情況不

25・Rudolf Allers（1883-1963），奧地利醫生及心理學家，係佛洛伊德的學生，後任教於美國。

談，我必須要說，一種心理行為在心靈的高下秩序中所處的位置越是低下，越接近盲目的生理作用；離心智越遠，也就會越激烈。反之，隨著心智參與的程度提高，情感就會漸漸失去機械化的激烈。飢餓之人的飢餓感永遠會比正義之人的正義感來得強烈。

愛之對象的選擇

一

人類性格最重要的核心不是源自想法和經驗，也不是由性情所構成，而是由某種更加細微、更難以掌握的東西所組成，這種東西的存在先於性情、想法和經驗。人類首先是一個天生的好惡系統，每個人都帶有這樣一套系統，跟旁人的系統或多或少相似，就像一個由好感與反感構成的電池，充飽了電，準備好去進行「贊成」或「反對」。我們的心像一具機器，選擇性地對事物加以偏愛或摒棄，也是性格的載體。在尚未認識世界之前，心就驅使我們朝向某個方向或某種價值。因此，我們對於那些具有我們所偏好之價值的事物很敏感，對那些無感的價值則視而不見，就算其價值相等或更高。

要知道，在與他人的共同生活中，我們最在意的莫過於弄清楚對方的價值觀，他的價值判斷系統，這套系統是他最終的根本，是其性格的基礎。同樣的，歷史學家若想瞭解一個時代，首先得確定主宰該時代之人的價值標準。否則文獻中所記載的事實和陳述就是死的，只是謎題和難解的象形文字。旁人的言行對我們來說也一樣，在尚未看出其言行背後所隱藏的原因，以及該原因背後的價值觀之前，它們都是個謎。深層的原因與核心的確是隱藏的，就連對懷帶著此一核心的我們來說都有一大半是隱藏的（或者應該說是這個核心懷帶著我們）。它在暗中起作用，躲在性格黑暗的地下室裡，我們很難看見，一如我們很難看見自己腳下踩著的土地，一如眼睛無法觀看自己。除此之外，我們的生活還有一大部分是善意的偽裝，是自己演給自己看的。我們假裝出不同於本質的存在方式，而且是很誠實地假裝，不是為了欺騙別人，而是為了讓我們在自己眼中值得尊重。我們是飾演著自己的演員，社會環境和我們的意志透過表面的影響來決定我們的本質，操控我們的言語和行為，有時候排擠了我們真正的生活。如果有人花一點時間來分析自己，他就會吃驚地發現，說不定是震驚地發現，「他的」想法和感覺中有很大一部分不屬於他，不是自然而然發自內心，而是從社會環境落在他心靈外殼上的公共財產，就像路上的灰塵落在行人身上。

因此，要探索他人心裡的祕密，言行不是最好的工具。言語和行為都由我們掌握，可以是虛偽的。一個藉由犯罪累積財富的壞人也許有一天會做出一件好事，但他仍舊是個壞人。比起言語和行為，更應該去注意那些看起來不太重要的東西：姿態和表情。正因為姿態和表情並非刻意流露，它們能意外地透露出心底深處的祕密，而且準確地將之反映出來。

不過，就在人生的某些情境和瞬間，人會不自覺地洩露出根本性格的一大部分。愛情就是這樣的一種人生情境。不論男女，對愛人的選擇能揭露出他或她的基本性格。我們偏好哪種類型的人，就彰顯出自己心靈的特質。愛像是一陣浪潮，從心靈深處湧上來，當這股浪潮抵達我們看得見的生活表層，就會把底部的海草和貝殼一起沖上來。瞭解大自然的人便能根據這些來自海底的東西描繪出海底的景象。

說到這裡，會有人想拿一般信以為真的經驗來反駁我，說我們認為十分出色的女子往往會喜歡上魯鈍而平庸的男子。但是，做這種判斷的人幾乎總是為表象所欺騙。他們此言是從遠處而發，但愛情是一種編織得再細緻不過的布料，只有從很近的地方才能看得清楚。在許多情況下，這種好感只限於表面，實際上並不存在。從遠處觀之，真愛與假愛的姿態相同。不過，如果那的確是真愛，我們該如何看待此事？只有兩種可能：若不是那個男子比我們認為的更有價值，就是那個女子不如我們以為的那麼好。

談到所謂的「性格」，我曾經一再在談話中和課堂上提出上述想法，而我發現這總是會先引起一陣反駁和抗拒。既然該想法本身並無傷人或尖刻之處，（為什麼我們不能坦然承認愛情彰顯出自己隱藏的本性？）這種不自覺的反對就彷彿證實了其真實性。我們自覺在一個未受掩護的部位遭到突襲，而我們一向討厭被別人根據不小心流露出來的本質來評斷。別人趁我們不注意時逮住了我們，這令人光火。我們希望能事先收到預告，好讓我們像在拍照一樣，能夠擺好姿勢，讓別人根據有意識擺出來的態度來下評斷。這就是為什麼一般人會害怕快照。但是事情很清楚，若要研究人類的內心，最引人入勝之處就在於趁人沒料到時鑽進其內心，當場把他的心意逮個正著。

假如人的意志能夠完全取代其自發反應，那麼也就缺乏潛入人祕密心底的誘因。然而，意志只能暫時阻擋自發的反應。就漫長的一生而言，意志對性格的干預可以說幾乎毫無效果。人的本質容許藉由意志來做某種程度的造假，在這個範圍內，可以合理地稱為使生命更為豐富和完美，而不稱為造假。這是心智——理智與意志——揉捏我們原始本質時留下的指印。我們固然尊重心智力量美妙的干預，但也必須節制我們的期望，不要以為心智力量的影響能夠超越那個程度。一旦超出範圍，真正的造假就開始了。一個畢生都違反本身自然傾向的人，天生就傾向於虛偽。的確有人虛偽得很誠實，或是生性造作。

當代心理學越是深入探究人性，就越加發現意志和心智一般而言並不肩負創造的任務，而只負責指揮。意志不會移動，只是約束著有如植物般自我們心靈深處冒出來的衝動，這些衝動先於意志而存在。意志的干涉屬於消極性質。倘若有時候看起來並非如此，那麼原因在於：在傾向、嗜好和欲望錯綜複雜的關係裡，其中之一往往會對另一形成阻礙。當意志取消了這層阻礙，允許之前受阻的傾向自由湧出，完全伸展，這時意志便看起來彷彿具有一種積極的力量。然而，仔細加以檢視，會發現意志只是打開了閘門，讓原本即已存在的衝動宣洩出來。

從文藝復興以來，人類最大的錯誤在於相信笛卡兒的說法，認為我們是靠著意識而活，亦即人類本質的一小部分，能夠清楚看見的那一小部分，意志在其中發生作用的那一小部分。聲稱人是理性而自由的，這種說法在我看來近乎錯誤。因為我們固然擁有理性和自由，但這兩種能力只構成我們整體本質外部一層薄薄的表皮，而此一本質的內部既不理性也不自由。甚至，構成理性的觀念是現成的，來自位於意識下方的黑暗深淵。同樣的，在心智明亮的舞台上，欲望有如演員，已經穿上戲服，唸著台詞，從神祕的朦朧背景中走出來。如果認為劇場就等於在燈光明亮的舞台上演出的那齣戲，那就錯了。同樣的，如果說人類是靠著意識和心智而活，我認為這種說法至少是有欠準確。事實上，撇開意志那些膚淺的干預不談，驅動我們的是一種非理性的生活，它通向我們的意識，且源自那個隱藏的洞穴、看不見的深淵，那才是真正的我們。因此，心理學家必須成為潛水伕，潛入人類言語、行為、思想的表面之下，凡是言語、行為和思想都只是被導演出來的，重點藏在這一切的背後。對觀眾來說，看到哈姆雷特在赫爾辛格（Helsingør）的城堡露台上流露出恍惚的神情就夠了，心理學家則等著他退下舞台，好在帷幕的陰影中研究那個飾演哈姆雷特的演員是誰。

因此，心理學家很自然地會尋找裂縫和活板門，好讓他進入別人的內心深處，而愛情就是這樣一個活板門。那位希望別人認為她與眾不同的女士想要矇騙我們卻徒勞無功，我們看見了她愛著某某先生，而某某先生既庸俗又粗魯，只在乎他的領帶是否完美，他的勞斯萊斯是否光亮……

二

我們在選擇愛的對象時顯露出最真實的內心，這個想法會招來幾種反對意見，也許其中有些足以動搖此一想法的真實性。不過，通常會被提出來的那些反對意見，在我看來不切實際、也不夠嚴謹，失之草率。大家忘了，愛情心理學只能以微觀的方式進行，心理學研究的對象越是與內心有關，細節就越重要，而愛是一種最為內在的現象。也許只有一種經驗比愛更為深刻，亦即可稱之為「形而上的感受」經驗，也就是我們對於宇宙最重要、最終、最根本的印象。

這個「形而上的感受」是我們所有其他行動的基礎與支柱，不管是什麼樣的行動。人人都有這個感受，只不過並非人人都同樣明白自己懷著它。我們對於整體現實最原始的態度會決定世界和生活帶給我們的滋味。我們其餘的思想、感覺、欲望都是在這個基本態度上移動，以它為基礎，沾染它的色彩。這種原始的生命感受在愛情經驗的型態中最為直接地表現出來。根據愛情經驗的型態，我們得以推測出旁人把他的生命投向何處，而這是最值得探索的事。我們要知道的不是他人生的小故事，而是他把自己的生命押在哪張牌上。我們全都隱隱知道，在我們的本質中，在比意志掌控的層次更深的層次裡，已然決定了我們所屬的生命類型。經驗和反覆思量毫無用處，我們的心緊緊依附著既定的軌道，以本身的重力繞著藝術、政治野心、感官欲望和金錢轉動，就跟一顆行星一樣固執。一個人在旁人眼中的生命往往不合乎他內在的天性，宛如帶著令人驚奇的假面具：這個生意人其實是個重視感官享受的人，那個作家的野心其實是政治權力。

✿

普通的男子幾乎「喜歡」所有他遇到的女性。此一現象適足以凸顯出愛情的選擇是更深一層的選擇。我們只要小心，別把愛跟喜歡混為一談。一個漂亮女孩走過時刺激到男性的感官，而男性的感官要比女性的更容易受到刺激（這樣說是對男性感受力的一種讚美）。這種刺激使他不自覺地想接近那個美麗的女孩。這種回應是如此自然，如此機械化，乃至於就連教會也不敢將之視為罪過。從前的教會是個傑出的心理學家（很遺憾，過去這兩百年來，教會變得如此退步），因為教會清楚看出凡是「最初的衝動」都是無辜的。因此，當有女子從他面前婀娜走過，男性受到吸引而起的最初的衝動亦屬無辜。如果沒有最初的衝動，也就不會有其他的一切——既沒有善也沒有惡，既沒有惡習，也沒有美德。儘管如此，「最初的衝動」這個說法尚未道出一切。之所以稱為「最初」的衝動，是因為這種衝動來自受到刺激的表層，那人的內心並未參與。

事實上，幾乎每個女子都會在男性身上產生的吸引力通常並不會引起回應，或只是引起負面的回應。這種吸引力宛如本能對性格核心發出的起床號，如果核心對在表層吸引著我們的人萌發出愛慕之情，這個回應才是正面的。愛慕之情一旦萌發，就會把心靈的軸心跟外部的感受連結在一起；換句話說，我們不再只是表面上受到吸引，而是用自己的雙腳朝著這股吸引力走去，把整個生命投入進去。簡而言之，我們不再只是被動地受到吸引，而是主動參與。兩者之間的差異很大，就像一個人被拖著走，或是主動地走。

這種主動參與就是愛；它處理我們感覺到的無數吸引力，把其中絕大部分排除在外，而在其中之一停留。在本能的寬廣範圍中，可以說愛做出了一種篩選，在此可看出本能所扮演的角色，同時也看出本能所受到的限制。如果想要釐清愛情的領域，首先必須界定性本能在其中扮演的角色。說男女之間的真愛與性完全無關，這種說法很愚蠢，但是認為愛情就等於性慾也同樣愚蠢。兩者有很多差別，我只提出一個最基本的，亦即本能傾向於無限擴大能滿足它的對象，愛卻有專一性。這種相反的傾向在一件事上即可清楚看出，亦即對一個特定女子的愛慕能讓男性不再受其他異性吸引。

因此，愛就其本質而言即是選擇。由於愛來自一個人的核心，自心靈深處升起，決定愛的選擇原則也就是最內在、最祕密、形塑出我們個人性格的價值判斷。

✿

我先前指出愛仰賴細節而活，以微觀的方式進行；本能則是宏觀的，被一種整體印象所喚起。我們可以說，本能與愛跟其對象之間的距離不同。刺激本能的美麗很少會喚起愛情，假如並未動情之人跟墜入情網之人比較同一個女子在他們眼中的美麗之處，他們會驚訝於彼此意見如此不一致。未動感情之人會看出臉部和身形大致輪廓的美，也就是一般人所認為的美。對墜入情網的人來說，所愛之人的大致輪廓、從遠處即可辨識的整體形貌已然模糊而不復存在。如果他夠誠實，他就會讚美她身上一些互不相關的小小特質，像是眼球的顏色、嘴角、音色……

他若是分析自己的感覺，隨著這份感覺的軌道，從內心朝向所愛之人移動，他就會發現愛纏繞在那些小小的特質上，並時時刻刻以此來餵養自己。因為，愛的確不斷地餵養自己，吸滿了愛的理由，藉由看著所愛之人的美，不管是真正的美，還是想像出來的美。愛活在一種不斷自我確認的形式中（愛是單調、固執而遲鈍的；一句話就算再有見地，也沒人受得了聽著別人一再複述，可是戀愛中人卻希望一次又一次聽見愛人說愛他。反之，如果一個人並不愛對方，那麼對方的愛就會由於這種難以忍受的單調而令他不耐煩）。

指出外貌及神情的細節在愛情中扮演的角色，這一點很重要。因為這些細節最能彰顯出我們所愛之人的真實本質。當然，另一種美（從遠處就能看出的美）並非完全不具有表達的意義，它也把內在的生命呈現於外，但那種美主要具有獨立的審美價值，一種客觀的魅力，亦即「美麗」這個詞的含義。依我之見，若以為有人會對這種顯然之美傾心，那就錯了。我常注意到，男人很少愛上完全符合審美觀點的女性。在每一個社會裡都有幾個「公認的美女」，在劇院或是宴會上大家會去注意這些女性，如同注意公共場所的紀念碑，可是她們很少是某個男子熱愛的對象。這種美明顯是審美上的美，乃至於把那個女子變成了一件藝術品，跟他人之間產生了距離，離得很遠。大家欣賞她們（欣賞本來就以距離為先決條件），可是並不愛她們。想親近她的渴望從一開始就不可能存在，而這種渴望卻是愛情的先鋒。

在我看來，真正喚醒愛情的特質並非外型上的勻稱或完美，而是表達出生命某種型態的嫵媚。反之，當我們的心出於虛榮、好奇或蒙昧而捲入一份假愛之中，針對對方某些特質而隱隱感覺到反感就表示那並非真愛。而對方的臉部從標準美的角度來看若顯得不勻稱或不完美，只要沒到畸形的地步，都不會動搖愛。

美的概念就如同一塊昂貴的大理石板，壓住了愛情心理學能探討出的一切細緻和豐富。如果有人說，某個男子愛上了一個他認為美麗的女子，大家就認為這說明了一切，但嚴格說來，其實什麼也沒說明。這個錯誤來自柏拉圖的遺緒（古希臘哲學滲入了西方文明的哪些層面實在難以估量，即便是最普通的人也會使用柏拉圖、亞里斯多德、斯多噶學派的語彙和概念）。

是柏拉圖把愛跟美從此永遠連在一起。只不過對他而言，美並非指身體的完美，而是泛指完美，在古希臘人眼中代表一切有價值的事物，某種程度上指的是那種形式。美即是「善」。這種獨特的用字把之後所有關於愛的思考都導入了歧途。

愛要比醉心於一張臉的輪廓和臉頰的紅暈更為莊嚴，也更有意義；愛是對某種人性型態的肯定，此一型態象徵性地呈現在臉部的細節、聲音和姿態中。

柏拉圖說愛是在美中生育的欲望。「生育」等同於創造未來，「美」等同於最好的生活。愛包含了與某種人類生命類型的內在連結，它在我們看來是最好的，而我們在另一個人身上發現這個類型的雛形。

敬愛的女士，這番話聽起來也許抽象、混亂而不切實際。不過，在這個抽象概念的引導下，我卻從妳剛才投向甲先生的目光裡發現了一件事——生活對妳的意義是什麼。讓我們再喝一杯雞尾酒吧！

三

在大部分的情況下，一個男人在一生當中會愛好幾次。撇開那些當事人可以自行解答的實際問題不談，這引發了許多理論上的問題。舉例來說，接連發生的多次愛情是否在本質上符合男人的天性，還是說這是種缺陷，一種留在男性體內原始而野蠻的殘餘物，應該加以譴責？一生只愛一次是完美而值得追求的理想狀態嗎？就這點而言，在一般的男性和女性之間可有任何差別？

現在我想避免去回答這些危險的問題，不擅自對此表達個人意見，只是單純地接受不容爭辯的事實，亦即男性幾乎總是會愛好幾次。由於我們關心的是愛最純粹的形式，姑且撇開同時愛上多人不提，只看先後愛上這一種。

我前面說過，對愛之對象的選擇揭露出一個人的本質，這豈不是跟男性一生中會愛好幾次的事實嚴重抵觸？不無可能。不過，我首先得提醒讀者一個平凡的真相，亦即愛情經驗的多次性可以分為兩類。有些人在一生當中愛過不同的女子，但顯然都堅持選擇同一類女性，有時候她們就連身體外貌都很相似。這背後隱藏著一種忠貞，在許多女子的形體之中，其實就類別而言，所愛的女子只有單單一種，這種情形經常發生，為我所捍衛的概念提供了最直接的證明。

不過，在其他情況中，一個男子先後愛上的女子，或是一個女子先後愛上的男子，屬於十分不同的類型。從我提出的假說來看，這等於意味著一個人的基本性格會隨著時間而改變。這樣深入我們本質根源的改變可能發生嗎？這個問題對於研究性格的科學來說很有意義，說不定是最重要的問題。十九世紀下半葉的人通常認為性格的形成是由外而內，從人生經歷、經驗中產生的習慣、環境的影響、命運的變化以及生理狀況沉澱而來。根據這種說法，並沒有先於生命事件而存在的個人本質和內心狀態，能夠獨立於這些事件之外。猶如滾雪球，我們是從走過道路上的塵埃積累而成。對這種思考方式來說，既然性格並不具有基本核心，自然也就不會有根本上的改變，因為所謂的性格本來就是不斷在改變，它如何形成，也就如何改變。

但是，我認為事情正好相反，說我們是由內而外地生活比較正確。我有重要的理由，此處無法詳述。在遭遇外在的命運之前，我們內在的人格基本上已經成形。人生中的偶發事件固然有可能稍微影響內在人格，但內在人格對於偶發事件造成的影響更大。凡是發生在我們身上的事，倘若與我們的本性不符，往往無法滲入我們的內在。可是有人會說，若是如此，也就不會有大幅的激烈改變，我們生來是什麼個性，死的時候就也會是什麼個性。

其實不然。我的觀點具有足夠的彈性，可以適應事實的各種情境，能把由外在事件引發的小改變與深刻的轉變區分開來。深刻轉變所遵循的並非偶然的動機，而是性格內在的法則。這樣說吧，如果我們把改變理解為一種發展，那麼性格就會改變。一如每一種生物組織，發展是由內在的原因所產生、所指揮，它們遵循著該生物的天性，而天性乃是與生俱來，就跟其性格一樣。讀者想必有這樣的經驗，有時候旁人的改變看來漫不經心而且沒有道理，除非是另有隱情；而另一些情況中，改變在各種意義上完全與成長相符，猶如新芽會長成樹木，禿枝會再發出新葉，花謝之後便會結出果實。

這就是我對先前反駁意見的回答：是有些人不會自我發展，性格相對而言不會改變（一般來說是生命較不豐富的人，小市民的典型），他們對愛情對象的選擇不會改變，總是落在同一種類型上。但也有一些人具有豐富的性格，有許多種可能性和不同的使命，依序等待開展的時刻。我們幾乎可以說這才是正常的情況。人格在一生中經歷兩、三次大轉變，宛如同一個軌道上的不同階段。今日之生命感並未失去與昨日之生命感的連結，仍然具有連貫的相同性質，但有一天，我們發現自己的性格進入了新的階段，展開新的變化。這就是我所謂「具有深刻影響的改變」，既不多，也不少，彷彿我們的內在本質在這兩、三個時期當中把自轉軸偏轉了幾度，轉移到宇宙的另一個象限，朝向另外的星座。

一般人會經歷的真正愛情關係，其次數就與這種轉變的次數相同：兩次或三次。這豈不是個饒有深意的巧合嗎？此外，每一次愛情關係出現的時間就跟性格發展的不同階段相關，這不也是個具有意義的巧合嗎？因此，若把愛情經驗的多次性視為我所提出理論最確鑿的證明，我覺得並不算過份。對另一種類型女性的偏好正好適應了另一階段的生命感。在新階段，我們的價值觀或多或少地改變了（但仍以隱藏的方式與舊的價值觀維持和諧），從前我們不曾看重、甚至不曾注意到的價值凸顯出來，而男子對愛情對象的選擇也出現了新的模式。

要把這個想法說清楚，只有小說才是合適的工具。我讀過一本小說的片段（這本小說也許永遠不會出版），書中處理的正是這個主題：藉由一名男子的愛情經驗來描述他的深刻發展。有趣之處在於作者既想要呈現人物性格上持續的一致性，也想同時呈現其性格轉變的各個不同階段，試圖解釋這些轉變的鮮活邏輯以及產生改變的必然性。在每一個時期，該男子把那股自我開展的生命力都集中在一名女子身上，如同探照燈和光線在濃密的大氣中形成的影象。

四

愛是一種選擇，它要比一切蓄意的選擇具有更大的作用，這種選擇並不自由，而是取決於一個人的基本性格。如果堅持心理學對人的詮釋，這個想法會從一開始就讓人覺得難以接受，但我認為心理學對人的詮釋已經過時，需要加以取代，它顯然高估了巧合與機械性的外在事件對於人生的影響。

大約六十年前，科學界人士研究出此一觀點，創造機械論的心理學。一如其他的新知識，相關觀念要經過一個世代以後才進入一般受過教育的人的意識中。如今，若有人想把事物看得更透徹一點，就會發現許多人的腦袋裡淨是這些陳舊的觀念。不管我在此提出的論點正不正確，勢必會跟反向而行的一般思潮起衝突。大多數人已經習慣認為交織成生命的事件本身沒有意義，無所謂好壞，只是由巧合和機械化的宿命組成。

任何理論若是貶低上述兩種因素在一個人命運中所扮演的角色，而試圖找出根植於個人性格的內在法則，就會斷然遭到拒絕。一大堆錯誤的觀察（此指對於自己與旁人愛情關係的觀察）阻塞了道路，讓我所提出的觀點沒有機會進入人心、得到理解和評斷。再加上讀者習慣於誤解作者的意思，總是把一些想法強加於作者的想法之上。我所聽到的反對意見大多屬於這一類，其中最常聽到的說法是：如果我們所愛的女子都是能夠反映我們內在本質的人，那麼愛情就不會如此經常帶來不幸，也不會有不幸的愛情。由此可知，這些讀者擅自把我所捍衛的觀點（亦即在愛人者與所愛的對象之間存在著一種心靈的親睦）與隨之產生的幸福連結在一起了。

我卻認為這兩者之間並沒有關連。一個十分虛榮的男子（例如屬於世襲貴族階層的男子多半如此，就算他們很潦倒也一樣）會愛上一個同樣虛榮的女子，這樣的選擇必然會產生不幸的結果。可是我們別把選擇的後果跟選擇本身混淆了！在此我想順帶回答其他幾個經常重複提出的疑慮，它們都十分基本而明顯。有人說，在許多情況下愛人者弄錯了：他以為自己選擇的是什麼樣的人，後來才發現其實不然。在流行的愛情心理學中不是常聽到這種老套嗎？假如這種說法正確，錯覺就幾乎是常態了。這就是我和他們意見分歧之處。愛是人類生活中最深刻、最嚴肅的一件事，若有理論假定愛情幾乎總是一種錯覺、一種純粹的荒謬和品味的錯亂，除非提出令人信服的理由，否則我無法接受。

我不否認這種情形偶爾會發生，一如它也會出現在我們的感官經驗中，但這無損於我們對自己正常知覺的確知。但倘若有人堅持把錯覺視為常見的事實，那我得說這種觀點是錯誤的，源自不充分的觀察。在這些所謂「錯看了對方」的情況中，事實上多半並未出現錯覺：對方自始至終都是同一個人，只是我們後來為了因對方本質而產生的後果受苦，就聲稱自己錯看了人。例如家世良好的馬德里女孩愛上一個男子，因為他散發出一種放蕩不羈的氣質，這樣的事屢見不鮮。他能處理任何情況，總是有辦法解決問題，他的滿不在乎和自信令人佩服，事實上是因為他對人對神都毫無敬畏之心。我們不能否認，乍看之下，這類男子的靈活本性賦予他們一種魅力，是一些較有深度的人通常沒有的。簡而言之，他們屬於追求享樂的人。女孩在男子尚未開始追求享樂之前愛上了他，之後他典當了她的首飾，離開了她。女孩的閨中好友安慰她，說她「錯看了」對方，但是在她內心深處，她很清楚事情並非如此。她從一開始就料想到這種可能，而這預感也是她愛情的一部分，是那個男子身上最吸引她的地方。

我認為我們應該逐漸扭轉大眾對愛這種美妙情感的觀念，因為愛情變得愚蠢而沉悶，尤其是在這座伊比利亞半島上。愛情是人類生命力的美妙泉源，應該除去混濁的雜質，讓它彰顯出來，畢竟這樣的泉源並不多。所以，若想弄清楚經常出現的戲劇化愛情事件，讓我們少用「錯看了對方」這種假說。

一般人往往認為一個人之所以愛上另一個人是因為對方的身體樣貌，由於從身體無法推斷出心理，所以錯誤可能產生，而我們無法說在兩人的內在本質之間有一種心靈上的親睦。我不同意這種身體與心理的區分，這種區分也是上一個時代的一大執念。認為我們在看見一個人的形象時「只」看見身體，這完全錯誤。彷彿我們事後透過魔法，不知怎地替那物質的東西添上一個不知從哪裡來的心靈。事實正好相反，我們要費極大的力氣才能把身體跟心靈分開來想，就算真能做得到。

不只是在人類的社群中，即便是與其他任何一種生物相處，我們對其形象的外部感知同時也是對其心靈或近似心靈之物的內部感知。我們從小狗的哀鳴中感受到牠的痛苦，在老虎的眼睛裡看出牠的殘忍，因此我們把石頭和機器跟有血有肉的生物加以區分。生物在本質上是一個充滿心靈電流、充滿性格的有形軀體。是會有模稜兩可的情況出現，有時候我們在感知那個陌生的心靈時會弄錯，可是我要再說一次，例外不能否定正常的情況。當我們遇上另一個人，他內在的天性立刻向我們顯現出來。隨著每個人生來目光銳利的程度不同，這種對旁人的理解可能或深或淺，但若是少了這種理解，就不可能有最基本的社會生活，人與人之間也將無法相處。我們說的每一個字，做的每一個手勢都會有冒犯對方的危險。若我們跟聾人交談，我們會特別意識到聽覺這個天賦。同樣的，我們也會注意到一個人對其他人具有立即的直覺，當我們碰到一個舉止不得體的人——在西班牙文裡我們說這個人沒有tacto，這個說法很妙，因為tacto也有觸覺、感覺之意，暗示著內部感知的那種感覺，藉由此一感覺我們彷彿在摸索陌生的心靈，感覺其輪廓，感受其性格的柔軟或粗糙。大多數人只是缺少表達的天賦，無法「說出」在他們面前的是什麼樣的人。不過，無法「說出」並不表示他們看不出來。「說出」某件事意味著用概念把某件事表達出來，而在概念形成之前先要經過一種特殊、智性的分析活動，只有少數人才諳於此道。用語言文字表達出來的知識要勝過那些僅僅是看出來的知識，但後者也仍然是種知識。讀者不妨試試看，用語言來描述自己在任何一瞬間之所見，你會驚訝地發現自己對於明擺在眼前的事物能「說」的是那麼少。儘管如此，這份視覺的知識卻能幫助我們在事物之間移動，並設法加以區分、尋找或避免（例如一種顏色無以名之的明暗變化）。我們對旁人的感知就是以這種微妙的形式起作用，尤其是對我們所愛之人。

所以，我們不能輕率地說男性愛上女性的「形體」（或是女性愛上男性的形體），彷彿這是件理所當然的事，然後發現在形體跟性格之間有所衝突。男人或女人是有可能單純愛上一具身體，不過這正好洩露出他們特殊的本質。凡是這樣去愛的人具有一種肉慾的天性。而且我必須補充說明，這樣的一種天性（尤其是在女性身上）出現的頻率遠低於大家的想像。只要仔細觀察過女性的心靈，就會懷疑在正常情況下女性會為了「美男子」而產生性興奮。我們甚至可以預言，哪些類型的女性屬於這種規則的例外：第一類是具有部分男性特質的女性；第二類是自始就過著不受約束的性生活的女性（性工作者）；第三類是接近熟齡的普通女性，已經有過完全滿足的性生活；第四類則是由於其身心特質而以「大情人」之姿來到世間的女性。

這四類女性有一個共同的特點，使她們對於男性之美產生一致的偏好。眾所周知，女性的心靈要比男性更為統一，意思是和男性的心靈相比，女性心靈中的各個元素比較不會彼此分離。因此在女性身上，性慾跟愛戀或傾心之間的關連比較密切，如果沒有愛戀或傾心，性慾在女性身上不那麼容易被撩起，跟男性不同。必須要有某種特殊的動機，女性的性慾才會獨立出來，自行承擔風險，根據其獨特的法則而行動。在這四類女性中都有一個細芽能萌發出這樣一種獨立出來的性慾。在第一類中是由於那種男性氣質使得心靈的統一性較小，各種不同能力之間自然產生區分（女性身上的男性特質是人類心理學中最吸引人的主題之一，值得專門加以研究）。在第二類女性身上，這種分道揚鑣是透過其職業而產生的。因此，性工作者要比其他女性更容易對所謂的「美男子」有感覺（其實性工作者未嘗不是女性身上出現男性特質的一種特例）。至於第三類則十分普通，如同眾人常說的，女性的性慾甦醒得比較晚。事實是女性的性慾較晚獨立出來，而只有那些長期擁有活躍性生活的女子（即使完全合乎世俗規範），才會真正獲致性慾的獨立。在男性身上，充沛的想像力能對性慾的發展產生跟實際性行為同樣的效果。在女性身上，如果她完全不具有男性特質的話，這種想像力通常很薄弱，女性的羞澀有很大一部分是出自這種想像力的缺乏。

也許這是大自然睿智的先見之明，不讓女性擁有自由不羈的想像力。因為若非如此，假如女性擁有跟男性一樣活躍的想像力，那麼性慾早就在地球上氾濫，而人類也已經在狂喜之中消亡。

五

如果愛情果真如同我所言是一種選擇，那麼我們在愛情中同時具有一種「認知根據」（ratio cognoscendi）和一種「存在根據」（ratio essendi），在我們判斷一個人的道德基礎時，可作為一種指標。以古希臘作家愛斯奇勒斯[26]所用的譬喻來說，在海浪白沫之間漂浮的軟木塞預示著拖在粗糙海底的漁網。另一方面，愛情對一個人的生命產生決定性的影響，藉由把特定類型的人在重要的時刻納入人生中，而把其餘類型的人排除在外，愛情就這樣塑造了個人的命運。在我看來，我們對於自己的愛情關係對一生所具有的巨大影響缺乏足夠的想像。因為我們往往只會想到表面的影響，那種看起來具有戲劇性的影響，像是一個男子為了一個女子（或是一個女子為了一個男子）所做的「傻事」。由於我們的人生多半不曾發生這種醒目的傻事（雖然並非完全沒有），我們往往低估它的影響力。而這種影響也會以另一種微妙的形態出現，尤其是一個女子對一個男子的生命所造成的影響。愛把兩個個體以一種緊密而全面的關係連結在一起，乃至於身在其中的人無法保持距離，也就察覺不出其中一人在另一人身上造成的改變。尤其女性的影響就像大氣一樣，無所不在，而且無形，無法預防，也無法迴避。這種影響會趁人不注意時鑽進來，對那個男子起作用，如同氣候對植物起作用一樣。她人生觀的基本特質不斷地壓在他心靈的輪廓上，最後在他身上留下她獨特的印記。

由此觀之，「愛情是內心深處的一種選擇」這個想法饒具深意。因為，如果把我們的理論應用在一個時代的所有個體身上（例如一整個世代），而非應用在單獨一個個人身上，那麼純屬個人的極端差異就會消失，而留下一種特定的一般行為類型（當我們談到大眾時總是如此），在這件事上是愛情對象之選擇的特定

26・Aischylos（西元前525-456），古希臘悲劇詩人，與索福克勒斯（Sophokles）及歐里庇得斯（Euripides）並稱希臘三大悲劇作家。

一般類型。意思是，每一代的人都偏好某一種普通類型的男子或女子，或是兩性當中的某幾種類型，而不管是某一種還是某幾種，其結果都一樣。由於就數目上而言，婚姻是愛情關係最重要的形式，我們可以說，在每一個時代，某一類型的女性會比其他類型的女性更容易結婚，結婚的人數也更多。

一如個人，每一個世代在愛情對象的選擇上也洩露出形塑這個世代的祕密潮流，因此，倘若針對每一時期受到偏好的女性類型編寫一部歷史，或許足以讓我們以極具啟發性的觀點來觀察人類的發展。而一如每個世代，每個民族也逐漸發展出典型的女性特質，這種典型不是突然產生的，而是在千百年間隨著大多數男性的一致偏好而慢慢形成。因此，假如仔細而精確地對典型的西班牙女性加以分析，就能照亮西班牙靈魂隱密的洞穴。當然，如果要這麼做，我們必須把典型的西班牙女性拿來和典型的法國女性、斯拉夫女性……相比較，才能描繪出西班牙女性的輪廓。就跟所有其他事情一樣，要進行這種研究，重點在於不要認為萬事萬物的面貌都純粹是自行產生的。不，一切有形之物，不管是什麼，都是一種力量的產物，一種能量的痕跡，一種活動的徵兆。在這層意義上，一切都是「被造出來的」，而我們總是有可能查明那股創造的力量，那股在其作品上留下永久痕跡的力量。整個西班牙的歷史都保存在西班牙女性的精神輪廓上，一如藝術家在一個獎盃的浮雕上留下斧鑿的痕跡。

不過，一個世代對愛情對象的選擇最重要之處在於其影響。因為，一代人所偏好的女性類型不僅會決定那個世代本身，也會決定緊接著的下一個世代。家庭的氣氛總是取決於女性，不僅取決於她本身的特質，也取決於她所創造出的氛圍。就算男性是「一家之主」，在家庭生活中，他的干預只是偶爾、表面、正式的。然而家卻是日復一日、持續不變、無數一連串相同的瞬間，是肺部習慣了一再吸進呼出的空氣。家庭的氣氛乃是由母親所創造，從一開始就籠罩著子女那一代。子女在脾氣和性格上可以極為不同，但他們都無法避免地成長於出生時家中氣氛的壓力之下，這股壓力就像一陣不斷吹拂的風，把他們全都吹得往同一個方向彎曲。當今男性所偏好的女性，其生命特質只要有一點小小的改變，由於這種改變會自我複製，靠著女性的穩定影響力，以及改變在無數的家庭裡重複發生，放眼三十年後，就會產生歷史上的巨大變革。我的意思並不是說這是形成歷史的唯一因素，但我要說這是效果最大的因素之一。想像一下，當今年輕人所偏好的一般女性類型如果比我們父親那一輩所偏好的更有活力一點，她們的孩子將從一開始就傾向於更為大膽、更有行動力、更具冒險的生活。即使這種生命力傾向上的改變很微小，如果擴及整個國家的一般生活，勢必會在西班牙造成極大的改變。

別忘了，在一個民族的歷史上，最具決定性的要素是一般人，其特性決定了民族整體的體質。我這樣說，絕非要否認出類拔萃的人物對於民族的命運也有極大的影響。假如沒有這些傑出人物，就沒有什麼值得我們去追求。但是，不管這些人物再怎麼傑出，再怎麼完美，他們影響歷史的程度端視他們的典範感動普通人的程度而定。這是很無奈的事，歷史是由平庸之輩主宰，毫不留情。最偉大的天才會在平凡人無邊無際的威力下粉碎。地球顯然注定永遠要由一般人來統治，因此，要盡可能地提高一般人的水準。使一個民族偉大的是無數普通人的水準高度，而非該民族的偉人。當然，如果缺少優越的人物，缺少典範來把懶散的大眾凝聚起來，中等的水準永遠不可能提高。因此，偉大人物的介入只是次要而間接的。偉大人物並非歷史的現實，有可能一個民族雖擁有個別的天才人物，但整個國家的歷史價值卻並未因此提升。當群眾不去追隨這些典範，不去改善自己，就會出現這種情形。

奇怪的是，直到近來，歷史學家都只研究不尋常的事物和令人驚訝的事實，卻沒有發現這一切僅具有軼事的價值，最多也只有部分價值；而日常生活的事物才是歷史中的真實，一切罕見與傑出之物都被掩埋其中。

在日常事物中，女性是最重要的元素。女性的心靈在極高程度上屬於日常生活。男性較受不尋常事物的吸引，至少他幻想著冒險、變革以及刺激、困難、新奇的情況。相反的，女性卻出奇地能夠享受日常生活。她在流傳下來的古老習俗中如魚得水，如果她辦得到，她就會把現在變成從前。我一直認為「女人善變」這種說法很愚蠢，它反映出一個墜入情網的男人操之過急的看法，在女人跟他玩了一陣子的愛情遊戲之後。然而，戀愛中人的視野很狹窄。一旦從較遠的距離，用冷靜的眼睛，以動物學家的目光去觀察女性，就會驚訝地發現她極度傾向堅持現存之物，扎根於她所置身的習俗、概念和事務中。簡而言之，她把一切都變成習俗。兩性關係中存在著一種固執的誤解：男性接近女性，就像參加一場慶典和狂歡，去體驗一種能打破單調生活的出神，結果卻發現她只在規律的日常活動中感到快樂，不管是織補衣物還是去跳舞。民族誌學家令人驚訝地指出，工作是由女性發明的。而所謂的工作指的是非做不可的日常活動，有別於一次性的運動和冒險活動。因此，女性是職業的創造者；她是第一個農人，第一個採集者，也是第一個製陶者。

一旦我們看出日常事物具有主宰歷史的力量，就能明白女性對於民族命運的巨大影響，也就會關切哪一類女性在我們民族的過去占了優勢，而當今這個時代所偏好的又是哪一類女性。不過我知道西班牙人對這個問題通常並不感興趣，因為一談起西班牙女性，大家就會把一切歸諸於阿拉伯人和神職人員的影響。在此我不打算評斷這種看法是否真實，我之所以反對它有更根本的理由，亦即如果典型的西班牙女性只是由這兩種力量所塑造，那麼此一典型就純粹只是在男性的影響之下形成，顯出這種論調完全未顧及女性對本身以及對國家歷史的影響。

六

在西班牙，我們的上一代偏好什麼樣的女性呢？而我們這一代所喜愛的女性類型又是如何？下一代將會選擇哪一類？這是個微妙而棘手的主題，就跟所有值得寫作的主題一樣。因為，在紙上書寫何其容易，若是在書寫時不能鼓起鬥牛士般的勇氣，去處理危險、靈活、有角的題材，那又何必寫呢？再說，我所提出的問題，其重要性非比尋常，而我不明白此一問題和其他類似的問題何以沒有更多人來研究。一條財政法規或是交通規則會受到詳盡的討論，而當代人全體生活漂流其上的情感潮流卻無人加以分析和闡釋。其實政治措施跟當時受到偏好的女性類型息息相關。例如，一九一〇年的西班牙議會與當年政治人物所娶的女性類型之間關係密切，凡是明眼人都看得出來。我想要針對這些寫篇文章，儘管我能預見自己所做的判斷十有八九會弄錯，但誠實地弄錯是作家應做的犧牲，這或許是作家能獻給其同胞的唯一美德。不過，在我嘗試描繪該時期主宰西班牙的女性形象之前（此一主題值得另闢章節鑽研），我想先把愛情對象的選擇這個概念闡釋清楚，直到獲致普遍的意義。

當從個體進入到一整個世代的群體，愛情對象的選擇就變成了育種的選擇，而此一概念融入達爾文偉大的「物競天擇」說，那股促使新的生物形式得以產生的巨大力量。請注意，這個奇妙的論點尚無法有效地應用在人類的歷史上，而只停留在馬廄、羊欄和森林中。這個論點缺少一個輪子來成為有效的歷史概念。歷史是一齣內在的戲劇，在眾人的心靈裡進行，而物競天擇的論點必須先套用到這個內在的舞台上。我們將會看出，物競天擇在人類身上係透過愛情對象的選擇而發生，也看出此一選擇取決於一個人內心深處所發展出來的深刻典型。

在達爾文的想法中少了這個輪子，卻多了另一個輪子：在物競天擇中，最能夠適應環境者會被優先選擇。而適應環境的概念就是那個多出來的輪子。適者生存是個含混而模糊的想法，一個生物什麼時候才算適應得特別良好？難道不是除了患病者之外的所有生物嗎？另一方面，不也可以說沒有一個生物是完全適應良好的嗎？我並非要摒棄適者生存的原則，它在生物學上不可或缺；但是比起達爾文的作法，我認為必須賦予這個原則更多樣、更具變化的形式，而且萬萬不可把這個原則放在第一位。因為，把生命定義為適應環境是錯誤的。生物若缺少基本的適應能力固然無法生存，可是大自然令人驚奇之處就在於，它創造出大膽、冒險、起初並不怎麼適應環境的生物形式，這些生物形式同樣能夠在最低限度的有利條件下適應環境，維持住生命。因此，每一個有生命的物種都可以（也必須）從兩個相反的觀點來瞭解：一方面是大自然興之所至創造出的不適應產物，另一方面則是適應環境的運作體系。在某種程度上，生命在每一個物種身上都提出了一個看似無法解決的問題，但最後總還是有辦法，而且往往是以輕鬆、優雅的方式解決。這讓我們在研究各種生命形式時，忍不住想要在廣袤的世界上東張西望，尋找那個了然一切的觀眾，為了博得祂的掌聲，大自然興高采烈地費了這許多功夫。

我們無法得知就人類的物種而言，物競天擇的最終目的是什麼。我們只能在其中發現部分的目的，向自己提出幾個吸引人的問題。例如，不管在哪一個時代，女性通常會偏好那個時代中最優秀的男性嗎？這個問題一提出來，馬上就顯現它的歧義性，因為在男性跟女性眼中，最優秀的男性並不是同一種，而且很可能永遠也不會是同一種。

我就直接了當地說了吧。女性從來不會對天才型的男子傾心，除非是偶然的例外，意思是一個男子在天才之外還具有一些與其天才並不怎麼相容的性格特徵。事實是，為了人類的進步與偉大而在男性身上最被看重的特質，一點也不會讓女性動情。有誰能告訴我，女性有多在乎一個男子是否是個偉大的數學家、藝術家或政治家……？特定的男性才能創造出文化並使文化得以進展，這類才能會引起男人的讚歎，卻並不具有吸引女性的力量。再看看會讓女性愛上的那些特質，我們就會發現它們完全無助於人類的普遍完美，而男人對這些特質也不感興趣。在女性眼中，天才不是「有趣的男人」，相反的，男性對「有趣的男人」並不感興趣。

女性對於偉大男性無動於衷，拿破崙就是個特別的例子。我們對他的一生知之甚詳，也有他嘗試接近女性的完整資料。拿破崙外貌上並不缺少優點，年輕時，他苗條的身形讓他有「科西嘉之狐」的美稱，後來則有了皇帝的壯碩體型，而他的頭部就男性的眼光來看具有不尋常的美。既然他的形貌能激起藝術家的仰慕和想像，包括畫家、雕塑家和詩人，那麼應該也能讓女性對他傾心才對。但事實不然，征服了世界的拿破崙很可能從未被女人愛過。所有的女人在他身邊都感到不安、不愉快、不自在，她們的想法都跟比較直率的約瑟芬一樣。當這位熱情的年輕將軍把珠寶、金錢、藝術品、領土和王冠全都獻給她，約瑟芬卻和隨便碰到的一個會跳舞的男子調情，在收到那些珍貴的禮物時，她帶著法屬西印度群島上的人說法文時特有的口音，脫口而出：「這個波拿巴（Bonaparte）真是好笑！」（波拿巴是拿破崙的姓氏。）

看到偉大男性難以獲得女性青睞，實在令人難過。彷彿女性在天才面前感到不寒而慄，少數的例外只是更凸顯出女性的基本態度。我們若將這種態度與現實中的另一要素相乘，情況更為傷人，我的說明如下：

在愛的過程中，必須區分兩種狀態，愛情心理學自始至終就把這兩種狀態混淆了。要讓一個女子愛上一個男子，她必須先被他吸引，反之亦然。這種被吸引其實就是把注意力集中在對方身上，透過注意力的集中，對方變得與眾不同，從一般人當中凸顯出來。這樣的偏好還不是愛，卻是愛的先決條件。若非先有注意力的專注就不會有愛情，但有了注意力的專注也未必一定就會有愛情。不過，注意力的專注創造出適於愛情萌芽的氣氛，乃至於這種情況往往就等於愛情的開端。儘管如此，把這兩個時刻區分開來極為重要，因為主宰它們的是不同的原則。一邊是一個人「引起注意」的特質，使此人獲得凸顯於一般人之上的優勢；另一邊則是真正喚醒愛情的特質。而愛情心理學中所有的錯誤大多源自於把這兩者弄混了。舉例來說，一個男人的財富並不會喚起女性的愛意，可是富有的男人藉由其財富而得到女性的注意。同樣的，一個才華出眾的男子有較高的機會被女性注意到，所以如果她沒有愛上他，這就令人費解。這就是處於一般人注意焦點的偉大男性的情況。因此，我們必須把女性對偉大男性的冷淡跟此一重要因素相乘。可以說女性拒絕天才型的男子是出於刻意的鄙夷，而非因為巧合或疏忽。

從天擇的角度來看，這意味著女性的愛情選擇並無助於人類物種的改善，至少就我們男性所認為的改善而言。女性反而傾向於淘汰掉最優秀的男性（從男性的立場來看），淘汰掉那些創新者和冒險犯難的行動者，並且明顯流露出對於中等男性的偏好。一生中若是花了可觀的時間來仔細觀察女性的動作，對於她價值判斷的標準就很難抱持什麼幻想。女性偶爾會流露出為頂尖男性感到傾心的善意，但這些善意往往都會以失敗告終，相反的，一旦她生活在中等男性之中，她就自在得如魚得水。

這是我們透過觀察得知的事實，但請勿認為此言是對女性一般性格的批評。我再強調一次，在大自然的意圖中藏著最深奧的祕密。誰曉得女性對頂尖男性的反感最終是否有益呢？說不定在歷史的進展中，相對於發自男性內心的不安狂熱以及對改變與進步的渴望，女性扮演的是減慢速度的角色。如果最廣義地來看問題，某種程度上從動物學的角度來看，那麼女性對愛情對象之選擇的一般趨勢似乎旨在把人類限定在中等的範圍之內，避免揀選最優秀的男性，以免人類演化成超人，或是魔鬼。

沉默，最高的智慧

沉默的意思是：能說出而不說出。
只有這才是真正的緘默，
不是只因為找不到合適的言語，
而是這言語被隱而不言……

有一次，印度的智者被學生問到什麼是「梵」（brahman，祈禱、咒語、聖語、聖知），亦即最高的智慧。智者沒有回答。學生以為老師沒有聽見他們的問題，於是又再問了一次，但那位智者依舊保持沉默。學生又問了第三次、第四次，卻仍然沒有得到回答。等他們問累了，老師開口說道：「你們為什麼一再重複你們的問題？我明明在你們問第一次的時候就已經回答了。記住，最高的智慧是沉默。」

在梵文中，這個弔詭更為尖銳，因為brahma這個字的意思既是智慧，也是言語、宣告、表達，近似希臘文裡的Logos（理智、理性、道、根本法則）。印度語言中的這個巨大弔詭，像治療白內障的針刺一樣刺進心靈裡，讓心靈頓時看得清楚，而這如今已是眾人皆知的道理：「言語是銀，沉默是金。」街坊的老太太這麼說，並不完全明白自己在說什麼。事情總是如此，透過辯證的必然性，每一項偉大的發現到最後都變成陳腔濫調，從而失去其真理。一再的複述使之失去力量。那個具有意義的鮮活想法變成了一再老調重彈的俗話，大家人云亦云地使用這句俗話，並未用心思索。鄙夷俗話並非出自對原創性的崇拜，這種崇拜沒有道理，也不見得是自命不凡，而是由於觀察到老生常談等於取消了原本的想法，或者說排擠了原本的想法。

不過，現在我想談的不是這個。我也不打算探究印度人的這個說法，不想去研究最高的智慧是否果真是不可說的。人類永遠會分成兩派：一派認為「不可說」是個壞預兆，等於質疑一個想法中的真理，這一派人自稱為「古典主義者」；另一派則在無言之中看見一切崇高事物的預兆，這一派人是「浪漫主義者」。我覺得這兩派的看法都不正確。一項認知是否不可說與其真實性毫無關係，而最崇高與最低賤的事物都同樣不可說。上帝固然無法用言語來形容，這張紙的顏色也同樣無法用言語來形容。「不可說」是一條偶然的線，標記出思想與語言之間的界線，它也許把智識的顛峰劃分在外，但也把完全不重要的心智領域劃分在外。

還有另一種不可說比這種更有意思。那個印度智者沉默不語是因為他的知識無法以言語來表達，這其實並非沉默。沉默的意思是：能說出而不說出。只有這才是真正的緘默，不是只因為找不到合適的言語，而是這言語被隱而不言，被吞了回去。在生活中，在不少情況下，我們會依照個人的判斷而保持沉默，不說出我們本來大可以說出的話，基於某種理由，根據經驗，或是由於一時的情緒。不過，在這些情況下，我們的沉默也並不特別令人感興趣。

然而，有一種意義非凡的智慧因其本身的特質注定要沉默。我們要到了一定的年紀之後才能領悟這種智慧存在的必要，以及對之祕而不宣的必要。這種智慧是關於對人生的理解，對於我們所認識之人的人生，以及我們自己的人生。這份認知並非純粹一般性的（在某種意義上，所有的學術認知都是如此，包括歷史學的認知在內），而是對這個人或那個人的具體知識，雖然可以藉由一般化的思考加以充實，但最初完全是個別化的。是的，我的朋友，我知道許多關於你的事，不是你人生的種種事實，而是你是什麼樣的人，你最根本的本質。還有妳，美麗的女士，我對妳所知如此之多，我們可以談上幾個鐘頭也談不完。而我對你們的所知不包含別人向我述說的事實。如果對某人的所知僅限於旁人對此人的敘述（在最好的情況下，主要關於此人的外在行為），那麼我們對此人就一無所知。

這位女士，我對妳的所知遠勝於此，我所知道的正是那無法述說的一切，而這就是我想要闡明的一點。因為，如果要我定義我對妳之所知，那麼我唯一能下的定義就是我必須對此保持沉默。這是大量的智慧，這智慧要求我們保持沉默的程度有多深，智慧就有多大。假如我的目光更為銳利，對你們所知更多，那麼我的沉默就必須更加不可穿透。

我再重複一次，倘若有人以為這份沉默的智慧涉及他人被認為有失檢點的行為，說出來會讓對方在社會上蒙羞，那就淺化了這個主題。不，可敬的女士，不，事情並非如此。就算全人類都滅絕了，只有妳跟我活下來，在荒涼的地球上進行兩人之間的私下談話，我也仍舊得向妳隱瞞我對妳的所知，否則就會對妳造成嚴重的傷害，而其後座力會反過來傷到我自己，因為我們的友誼就此破裂。沒有人善於揭露這份知識的祕密，因為懸於此一祕密之上的寂靜就跟人類一樣古老，我們不知如何面對它具有腐蝕性的露水。如果想走到那一步（我認為我們要能走到那一步），就必須逐步教育下一代，讓他們揭開密封的知識。每個人都擁有這份對旁人的知識，卻隱而未言。

對旁人的認識是一天一天慢慢產生的，就像摸不著的灰塵在我們心底形成薄薄一層。由於得到這份知識的速度如此緩慢，我們感覺不到它在我們心裡增長。要等到累積很大的量，等到那薄薄的一層一層疊起來，形成可觀的厚度，直到有一天，我們有了一定的年紀，突然感受到這份知識的重量。然後我們把目光投向這個暗藏於心底的意外寶藏，突如其來的財富與其說讓我們感到高興，不如說更讓我們害怕。因為我們該如何利用它？這是極端個人化的認知，若要表達需要千言萬語。單單是起心動念想把這份知識告訴別人就很危險，在尚未嘗試之前我們就累了，寧可保持沉默。偶爾我們會因為心中這份過多的知識而感到窒息，也許會開口跟摯友說起我們閱人的經驗。告訴摯友是因為不必擔心會被誤解，但我們隨即感到氣餒，再度陷入無言之中。

隨著時間過去，新的知識又漸漸累積起來，而舊的知識尚無法宣洩；這筆財富累積得越來越多，而保持沉默的理由也隨之增長。此外，這份智慧的絕大部分由於不曾流傳出去，始終維持在未經表達的狀態，因此缺少言語所賦予思想的清晰輪廓。對於自動落在我們心裡的材料，我們不曾加以整理，將之系統化。偶爾我們會約略從中提取某種一般性的看法，針對「某一類」男人或「某一類」女人的基本特質做出表述。文明社會中的實用心理學都是奠基於這些脫口而出的微小暗示。

不過，我們自然而然地對這份智慧保持緘默，還有另一個更重要、更根本的理由。顯然，要能夠對個別的人性有如此深刻的認知，必須達到一定程度的個體化，並且要有足夠的理解力，才能夠感受到個體的差異。然而在廣大群眾身上，這兩個條件都不存在。在大眾身上，人類的本質幾乎尚未形成差異，而是按照一種無名的「標準化」性格在生活。唯有隨著文明的進展，才可能產生這類知識，但文明也阻止我們坦率地表達出對旁人的評斷。文明教導我們不要彼此傷害，把我們對旁人的看法變成禁忌，讓我們隱瞞自己對他人的真實看法。於是，讓此種智慧得以形成的社會環境同時也要求我們自動壓抑它，佛洛伊德稱之為「審查」（Zensur）。

的確，關於人的知識填滿了我們心智的一大部分。但是在保持沉默的嚴格禁令下，我們把這份知識留在心中，不曾揭開，惆悵地懷著它，有如懷著一個祕密的寶藏，我們頹然垂首，放棄將它示人。這份知識充塞在我們胸中，難以啟齒，說不出口，就在此刻我們本來可以告訴這個朋友，但我們警告自己最好保持沉默。

二

對於我們最佳的智慧（亦即關於旁人的知識），我們自動加以審查，因此這份知識無法完全開展。當我們對旁人有了一個「印象」，由於我們反正無法把這個印象說出去，也就沒有費心思用言語來加以表達，於是此一印象就維持粗糙的原始狀態。口語的表達把每一份本能的、無言的知識變得更準確，也更清楚，哪怕只是內在無聲的話語。尤其口語表達乃是之後能進行大型思考過程的先決條件，少了這種思考過程，任何知識都無法獲致完整的意義。在這種過程當中最重要的就是系統化。各位不妨想一想，假如我們不只滿足於從旁人那裡得到的「印象」，還把這些印象做進一步的處理，變成一種有方法、有條理的持續研究，那麼在對於旁人的理解上，我們將會有多大的進展。但事實上，關於旁人的知識都必須經過我們對它的審查。

尤有甚者，各位不妨想像一下當今的物理學會是什麼情況，假如物理學家對自己的觀察總是祕而不宣，結果每個物理學家僅知道他獨自努力所獲得的知識。這種「魯賓遜物理學」將永遠跨不出基本的概念。科學需要合作，藉由合作，一個人的知識能透過另一個人的發現而變得更豐富。每個研究者的視野都有所侷限，每個人有自己獨特的視角，排除了其他的觀點，使得他看不見事實的某些特定面相。唯有把投注於一個研究對象的許多視線集合起來，才能得到完滿的理解。假如我們能夠告訴彼此我們對旁人的理解，假如能連結不同的心智來研究這份理解，也就是說，假如能讓一種文化、一種集體的努力來研究到它，讓它不僅限於隨口的表達，那麼對於人的瞭解這門科學會是什麼光景？若能如此，「人類學」就會是範圍最廣、也最成熟的一門知識，而不像現今是個粗糙的學科。如同伽利略在他那個時代宣稱物理這門「新科學」的誕生（典型的現代科學），我們也可宣稱「人類學」是一門新科學，是未來最嚴謹的典範科學。

我並不否認這種沉默有其道理，要曉得這份理解是針對身為個體的人。在人成為個體的時代，在人的個體性開始發展的時代，這樣敏感的一種發展不能受到干擾。凡是誕生都是祕密地發生在黑暗中。說世界的創造是從「光」開始，這種說法並不正確。光永遠出現在最後，是猶太教安息日的產物。凡是誕生都是神祕而無聲的，乃至於知識在形成之時也同樣無言。因此，科學最初就如同一個不可洩露的祕密寶藏。凡是認知都經過最初的神祕時期，是一種奧祕，一種禁忌。就連用Logos一字把語言文字神化的古希臘，在畢達哥拉斯學派、柏拉圖和亞里斯多德那個時代，數學和哲學剛開始時也是一種祕密的科學。曾有謠言說柏拉圖曾向暴君戴奧尼修斯二世（Dionysius II）透露了他對於大自然最終原則的想法，為了駁斥此一謠傳，柏拉圖在生命快到盡頭的時候拿起石筆，寫下了著名的《第七封信》。為了證明這個謠言並非事實，他指出像這樣的認知無法用言語來傳達，永遠是每一個人的祕密。真正的知識是少數人保存在其心中的奧祕，我們最多只能憑藉嚴格的檢驗，一起準備好接受最終的頓悟。柏拉圖說：「至少不會出自我筆下，而我將來也不會寫出有關此一主題的作品。」

形成中的知識總是被祕密所籠罩，乃至於反過來，一碰到神祕的手勢與符號，我們就猜想那背後藏有某種巨大的智慧。因此，兩千五百年來，大家相信古埃及具有最深刻的認知，只因為古埃及的文字是那麼神祕難解。

可是，若說新生的智慧需要讓人無法接近，需要靠沉默來保護，這卻不適用於已經成熟的智慧。正好相反，在認知的發展過程中有一個時刻，必須要發出聲音，需要散播和傳達，也就是當此一認知成為「科學」的時候。科學時時刻刻呼喊著那句永恆的「我知道了！」科學無須自我克制，不能自我克制，也不想自我克制。

同樣的，如今我們也該假定世人已經習慣了身為個體，足以承受對旁人之知識的傳播，而不受傷害。

前幾代的人不曾說出他們對於周遭之人以及同時代人的理解，把那樣巨大的寶藏帶進墳墓裡，實在太可惜了。尤其是那些在科學上具有卓越天分的男士，他們原本可以留給我們多麼寶貴的知識，關於他們周遭之人，關於與他們共同生活的人，關於他們所愛的女子，關於共同奮鬥的伙伴！如果衡量一下我對於影響了我一生的人有多少認識，我就震驚於我們所失去的知識，那些傑出的人物心中想必積存了許多。因為一旦明白我們全都或多或少對彼此有所認識，那麼在這個領域顯然可以依照天分的高低排列出等級，就跟在所有其他領域一樣。令人驚奇的是，大多數人在理解周遭之人時十分遲鈍而且不準確。看透旁人是每個人與生俱來的能力，就跟理智一樣，但是在一個較高的層次則是只有少數人才有的天分。

不管我們得到多少這種智慧，要默默地將之帶進墳墓，不能永遠地「說出來」，總是令人遺憾。它畢竟涉及旁人在我們眼中是什麼樣的人，這是我們對實際人生的理解，是最卓越的人生科學。年復一年，我們把它擺在一邊，這份我們在短暫人生中所汲取的財富。我們針對各種主題寫作書籍，關於星辰，關於阿茲特克文明，卻隱瞞了人生所贈與我們的那些認知。我覺得生命沒有用生命來回饋有欠慷慨，因此我認為凡是有能力思考的人除了他本行的專業書籍之外，也該寫一本關於自己人生知識的書。

如此解放積聚在心中的見解，會帶來很多好處。我且提出其中一個：我們對旁人的認知也包含我們在他心中的形象。是的，朋友，我不僅能夠告訴你，你的內在是什麼樣子，也能告訴你，你是如何看待我，我的人被你的心靈之鏡接收，然後再反射出來。我們知道自己在別人心中是根據什麼樣的法則被扭曲。我針對你所提出的看法，你未必覺得正確，可是如果我向你揭露我在你心中的形象，你就會覺得自己被說中了，隨即發現我們對彼此來說其實是透明的。在人類的教育上，我對於此一認知有很高的期望。因為大多數的錯誤來自於許多人自以為別人無法看透他內心世界的祕密，而把身體當成一種偽裝，用來遮掩內在，遮掩他真實的本質。彷彿他遮掩得了！我們經常想對別人說：「你何必如此惺惺作態，既然我明明看出那只是個姿態，看出你並不認為自己是天才，只是在我面前裝出一副天才的樣子，好讓我認為你是個天才，再把我的想法轉嫁到你身上？」

每個人幾乎都偶爾會在自以為無法被看透的情況下，做出種種愚蠢而笨拙的行為。假如人人都知道自己是透明的，那麼這些愚蠢的行為就會永遠消失。我們所犯的錯誤大多源自我們不瞭解自己在世人眼中的地位。我們通常很清楚什麼是自己應得的，良知在心底的聲音從來不會出錯。可是我們以為別人不曉得，自以為可以欺騙他們，在他們面前假裝地位更高。由於別人什麼也沒對我們說，我們就認定他們接受了我們對自己的評價。

我們所保持的沉默具有嚴重的後果。我認為這就是我們年紀越大，跟彼此的距離就越遠的原因。人與人之間的間隔越發深不可測，到了孤獨的地步，令人難過。這種現象雖然很常見，但仍舊令人稱奇。把我們跟旁人分隔開來的是我們對他所知但隱而未言的事。我們知道得越多，沉默就越深，也就越發無望地孤獨下去。沉默之山在我們之間高高聳立。相反的，年輕人之間比較接近，因為他們對彼此還沒有什麼看法。若要接近年輕時代的老朋友，只有在彼此「把話說出口」的情況下才可能。而所謂的「把話說出口」在於每一個人都揭露一小部分他對另一人的祕密看法。

難道這會是件壞事嗎？會對人類造成無法彌補的損害？如果我們宣稱旁人是可以看透的，並且依此行事？我不知道，這得由未來去決定。不過，我覺得至少有一點很清楚，亦即我們的價值取決於心中所懷具體知識的重量，取決於我們必須隱而不言的知識的份量。

上帝如此沉默，這一點應該令我們深思。祂把自己的祕密保守得多好！也許祂之所以如此沉默，是因為祂對我們的內心知之甚詳，只要揭露出一句祂對我們的想法，就足以毀掉我們。而我們卻只能像接近一位老朋友一樣接近祂，除了「把話說出口」沒有別的辦法。而「把話說出口」意味著對自己說出上帝可以對我們說，卻禮貌地沒說出口的話：亦即向自己承認有關我們的真相。這件事的象徵就是懺悔，無怪乎奧古斯丁的《懺悔錄》正是描述著他如何找到通往上帝的道路。

這個大智慧仍然得繼續被隱而不言。如果我們現在偷偷地表示出自己對於一位友人的看法，這個舉動會顯得極不尋常，乃至於被誤解為一種敵意。

可是我們難道不該慢慢地展開這種新文化嗎？一點一滴地發展這種「最新的科學」？假使要這麼做，我們首先得要思索最恰當的表達形式是什麼：是對話錄？回憶錄？還是小說？莫非人類發明了小說是當作一種藝術技巧成熟的語言，以便有朝一日成為大智慧的第一種表達形式？

國家圖書館出版品預行編目資料

關於愛 / 荷西.奧德嘉.賈塞特（José Ortega y Gasset）著；姬健梅譯.
-- 初版. -- 臺北市：商周, 城邦文化出版：家庭傳媒城邦分公司發行,
2012.04
面；　　公分. --（哲學人；16）

譯自：Estudios sobre el amor

ISBN　978-986-272-152-0（平裝）

878.6　　　　　　　　　　　　101005238

哲學人 16
關於愛　Estudios sobre el amor

作　　者／荷西・奧德嘉・賈塞特（José Ortega y Gasset）
譯　　者／姬健梅
責任編輯／程鳳儀

版　　權／林心紅、翁靜如
行銷業務／朱書霈、蘇魯屏
總 編 輯／楊如玉
總 經 理／彭之琬
發 行 人／何飛鵬
法律顧問／台英國際商務法律事務所　羅明通律師
出　　版／商周出版　城邦文化事業股份有限公司
台北市104民生東路二段141號9樓
電話：(02) 25007008　傳真：(02)25007759
E-mail:bwp.service@cite.com.tw
發　　行／英屬蓋曼群島商家庭傳媒股份有限公司 城邦分公司
台北市中山區民生東路二段141號2樓
書虫客服服務專線：02-25007718；25007719
服務時間：週一至週五上午09:30-12:00；下午13:30-17:00
24小時傳真專線：02-25001990；25001991
劃撥帳號：19863813；戶名：書虫股份有限公司
讀者服務信箱：service@readingclub.com.tw
城邦讀書花園：www.cite.com.tw
香港發行所／城邦（香港）出版集團有限公司
香港灣仔駱克道193號東超商業中心1樓　E-mail:hkcite@biznetvigator.com
電話：(852) 25086231　傳真：(852) 25789337
馬新發行所／城邦（馬新）出版集團Cite (M) Sdn. Bhd. (458372U)
41, Jalan Radin Anum, Bandar Baru Sri Petaling,
57000 Kuala Lumpur, Malaysia.
電話：(603) 90578822　傳真：(603) 90576622
E-mail:cite@cite.com.my

封面設計／黃暐鵬　　　　排　　版／唯翔工作室
印　　刷／韋懋實業有限公司
總 經 銷／高見文化行銷股份有限公司　電話：(02)2668-9005　傳真：(02)2668-9790
客服專線：0800-055-365　地址：新北市樹林區佳園路二段70-1號

■2012年04月12日初版
定價／240元　　　　Printed in Taiwan

　ISBN　978-986-272-152-0